13 À TABLE !
2018

Françoise BOURDIN •
Michel BUSSI • Maxime CHATTAM •
Adélaïde de CLERMONT-TONNERRE •
François d'EPENOUX •
Éric GIACOMETTI • Karine GIEBEL •
Christian JACQ • Alexandra LAPIERRE •
Marcus MALTE • Agnès MARTIN-LUGAND •
Romain PUÉRTOLAS • Jacques RAVENNE •
Leïla SLIMANI

13 À TABLE !

2018

NOUVELLES

© 2017, Pocket, un département d'Univers Poche.
ISBN : 972-2-266-27952-9

Chers lecteurs,

L'aventure « 13 à Table ! » reprend cette année pour le bonheur et la fierté de tous. Grâce aux trois premiers tomes, toute la chaîne du livre a permis aux Restos du Cœur de distribuer près de 2,7 millions de repas supplémentaires aux personnes les plus démunies. Cette aventure qui se reproduit tous les ans permet de tisser des liens entre tous les acteurs de ce beau projet ; des liens d'amitié et c'est d'ailleurs le thème de cette nouvelle édition. Nous vous remercions d'être tous les ans au rendez-vous.

Merci à tous et belle lecture.

Les Restos du Cœur

Sommaire

Françoise BOURDIN *Tant d'amitié* 11

Michel BUSSI *Je suis Li Wei* 25

Maxime CHATTAM *L'Anomalie* 51

Adélaïde de CLERMONT-TONNERRE *Mon cher cauchemar* 75

François d'EPENOUX *Œil pour œil* 93

Éric GIACOMETTI & Jacques RAVENNE *Best-seller* ... 129

Karine GIEBEL *L'Escalier* 157

Christian JACQ *Amitiés égyptiennes* 185

Alexandra LAPIERRE *Pyrolyse* 201

Marcus MALTE *Bande décimée* 219

Agnès MARTIN-LUGAND *Le monde est petit* 223

Romain PUÉRTOLAS *L'incroyable stylo Bic quatre couleurs de Benjamin Bloom* 249

Leïla SLIMANI *Zina* 267

Françoise BOURDIN

Tant d'amitié

Après cinq années de mariage, Max était toujours amoureux de sa femme. Le feu des débuts ne s'était pas éteint, et il savait qu'il vivait là quelque chose d'exceptionnel.

Quand il voyait Céline passer entre les tables, affable et enjouée, ayant un mot pour chacun, il se disait qu'il lui devait en grande partie la réussite de leur brasserie. Celle-ci était bien située, dans la rue la plus commerçante et touristique de Cabourg, qui menait aux jardins du casino. Max en avait hérité au décès de ses parents, survenu alors qu'il achevait sa formation à l'école hôtelière de Caen. La cuisine, la salle, la gestion de l'affaire : il savait déjà tout faire ou presque. Devenu un très jeune patron, il avait eu la sagesse de conserver le chef, ainsi que le cadre rétro avec ses banquettes et ses miroirs. Son ambition s'était limitée à rajeunir et augmenter sa clientèle, qu'il avait attirée avec de séduisants plats du jour « faits maison » inscrits à la craie sur des ardoises, d'alléchantes suggestions pour les végétariens, ainsi qu'une charte placardée au-dessus du bar qui attestait de son engagement envers les producteurs locaux. Il ne rêvait pas

FRANÇOISE BOURDIN

de s'installer ailleurs, encore moins de « monter »
à Paris. Il aimait son appartement en front de
mer, ses footings matinaux sur l'immense plage,
et l'afflux des vacanciers l'été.

La rencontre avec Céline – la meilleure chose
qui lui soit arrivée – avait été le fruit du hasard.
La jeune femme ne connaissait rien à la restauration, elle travaillait alors comme secrétaire dans un
laboratoire d'analyses médicales où elle s'ennuyait.
Six mois après leur premier dîner, ils s'étaient
mariés et Céline avait démissionné. En salle, elle
faisait merveille, elle avait vite appris à accueillir
les clients et à prendre les commandes. Au besoin,
quand le service était débordé le samedi soir, elle
donnait un coup de main en portant quelques
assiettes.

Max avait un ami d'enfance, Adrien, qui par
chance s'entendait bien avec Céline. Célibataire et
coureur, Adrien possédait une petite maison tout
en hauteur au bout de l'avenue du commandant
Touchard. Dans son jardinet, il organisait des soirées de copains durant la saison estivale, et l'hiver
on se regroupait autour de sa cheminée. On s'amusait chez lui, où Max et Céline étaient toujours les
bienvenus le dimanche soir, jour de la fermeture
hebdomadaire de la brasserie. Adrien était assureur,
il gagnait correctement sa vie et les filles lui tour-
naient autour, mais il ne s'engageait avec aucune,
préférant papillonner et mener une vie de joyeux
fêtard.

Max et Adrien étaient en réalité de très lointains
cousins, mais leur amitié s'était surtout nouée sur
les bancs de l'école primaire puis du collège. Par la
suite, ce lien ne s'était jamais distendu. Et bien sûr,

Adrien avait été le témoin de Max à son mariage, il devait être aussi le parrain de son premier enfant, quand celui-ci arriverait. Pour l'heure, Céline entendait profiter de la vie encore un ou deux ans avant de devenir mère de famille.

Ce matin-là, alors que Max surveillait la mise en place des tables et l'arrivage des produits frais dans les cuisines, il se sentait préoccupé. Depuis quelques jours, Céline s'absentait durant le service du déjeuner, sous des prétextes variés qui semblaient de plus en plus fantaisistes. Parfois un massage ou un sauna au centre Thalazur, une copine en détresse qui avait besoin de se confier, une petite robe à essayer dans sa boutique préférée, des chaussures à porter chez le cordonnier… Bref, elle s'éclipsait, puis revenait avec un sourire réjoui dont Max ne comprenait pas la raison. À d'autres moments, elle s'isolait loin de lui dans un coin de la brasserie et tapait à toute vitesse sur l'écran de son téléphone. Dans ces cas-là, le même sourire réapparaissait.

Max s'interrogeait. Céline avait-elle quelque chose à cacher ? Mais quoi ? Pour une grossesse, un test suffisait à obtenir une certitude et le manège aurait cessé. Couple uni qui partageait tout, Céline et Max ne se dissimulaient rien de leurs joies ou de leurs soucis. Alors, quoi ? Elle n'était pas infidèle, il en aurait mis ses deux mains au feu, ni hypocrite ni menteuse. Peut-être se faisait-il des idées. Après tout, elle avait droit à un jardin secret. Un truc de femme.

Tandis qu'il contrôlait le déchargement des cagettes de légumes, il essayait de se rassurer sans vraiment y parvenir. La veille encore, Céline avait prétexté une grande fatigue et elle avait quitté la brasserie un peu avant dix heures du soir pour aller se coucher. Max avait descendu le rideau de fer à une heure du matin, et en rentrant à l'appartement il avait trouvé Céline bien réveillée. Elle était assise dans leur lit, son ordinateur portable sur les genoux, et son étrange sourire aux lèvres. Cette fois, il n'avait pu s'empêcher de lui demander ce qu'elle faisait, alors qu'elle était censée dormir. Elle lui avait répondu gentiment, comme à un enfant, qu'elle n'avait plus sommeil et qu'elle surfait sur des sites de mode.

Perdu dans ses pensées, il regagna les cuisines où le chef donnait ses ordres aux apprentis pour lancer les premières préparations.

— Max !

La voix familière d'Adrien le fit se retourner.

— Tu m'offres un petit déjeuner ?

— Tu n'es pas dans un bar, ironisa Max.

— Oui, mais ici tu as du pain, du beurre, du café et du lait, je suppose ? répliqua Adrien du tac au tac. Alors, avec un peu de bonne volonté…

Ils se mirent à rire, puis Max fit signe à l'un des employés de leur préparer des tartines. Ils allèrent s'installer au bar, dans la salle de la brasserie qui était encore fermée à cette heure matinale.

— J'ai réservé un court dimanche à onze heures, annonça Adrien.

Ils jouaient ensemble au tennis depuis de nombreuses années et ne manquaient pas une occasion de s'affronter. En revanche, s'ils jouaient en double avec des amis, alors ils faisaient systématiquement équipe.

— Tiens, tu as un nouveau plat du jour !

remarqua Adrien en désignant l'ardoise la plus proche. Cabillaud en croûte d'herbes ? Je croyais que tu ne raffolais pas du poisson ?

— Si, j'y viens. Évidemment, une bonne côte de bœuf ou un tournedos... Mais il en faut pour tous les goûts.

— Et ton plat de rêve, de gala, ce serait lequel ?

— Un foie gras chaud aux raisins et aux figues.

Adrien s'esclaffa, traita son ami de bâfreur, puis annonça qu'il devait se dépêcher d'aller travailler. Il engloutit deux tartines et vida sa tasse de café au lait en un temps record avant de s'éclipser. Max regretta ce départ trop rapide car il aurait voulu lui parler du comportement étrange de Céline. Il avait failli le faire, mais une soudaine pensée parasite l'en avait empêché, et à présent Adrien était parti. Ce serait pour une autre fois... Ou pas. À peine l'eut-il pensé qu'il s'étonna de cette réserve incompréhensible. Il n'allait tout de même pas se méfier d'Adrien et imaginer n'importe quoi !

Il quitta son tabouret de bar et regagna les cuisines, toujours songeur.

*
* *

Deux jours plus tard, la situation avait empiré. Max s'était permis une indiscrétion qu'il regrettait amèrement. Le matin même, alors que Céline se shampouinait sous la douche, son portable, posé sur le rebord du lavabo, avait émis les trois notes signalant l'arrivée d'un message. Et Max, par curiosité, par réflexe, par bêtise, avait glissé son doigt sur l'écran pour le lire. « Crois-tu qu'il se doute de quelque chose ? » affichait le petit carré bleu.

Complètement sonné par ces quelques mots, à la fois sibyllins et révélateurs, Max avait hésité. Le message émanait d'Adrien. Apparemment, il en existait d'autres, antérieurs. Le doigt toujours au-dessus de l'écran, indécis, Max avait entendu les robinets de la douche s'arrêter et il n'avait eu que le temps de couper le portable avant que Céline n'ouvre la paroi vitrée. Elle sifflotait gaiement mais s'était arrêtée net en voyant son mari.

— Qu'est-ce qui se passe, Max ?

Il devait avoir l'air d'un poisson hors de l'eau et n'était parvenu à se reprendre qu'au prix d'un gros effort, bredouillant que la chaleur de la salle de bains l'avait incommodé. Une explication particulièrement stupide pour un homme habitué aux fourneaux des cuisines, mais Céline, compréhensive, avait aussitôt ouvert la fenêtre.

Depuis cet incident, Max ne pensait qu'à ça. Adrien… Adrien ? Il le connaissait si bien et depuis si longtemps ! Il ne parvenait pas à le voir comme un traître, et pas davantage à croire que Céline soit assez fourbe pour le tromper avec son meilleur ami. Néanmoins, il avait lu les mots fatidiques. Y avait-il une autre façon de les interpréter ?

Pour en avoir le cœur net, il décida d'attendre le prochain prétexte fallacieux que Céline emploierait pour s'éclipser. Il n'eut pas à patienter longtemps, à peine le service de midi commencé, elle annonça d'un ton léger qu'elle filait au pressing. Il n'écouta pas l'histoire du blazer crème – son préféré –, qu'elle aurait malencontreusement taché, et il se contenta de lui sourire. En temps normal, jamais Céline n'aurait déserté la brasserie à cette heure-là, celle du coup de feu. Mais les dés étaient jetés, Max voulait savoir, il prévint le chef et les serveurs que lui aussi s'absentait. Indifférent à leurs regards stupéfaits puis courroucés, il quitta la brasserie quelques instants après sa femme.

Les rues de Cabourg étaient assez encombrées de touristes, de promeneurs et de voitures roulant au pas pour que Max puisse suivre Céline sans se faire remarquer. Elle remonta toute la rue, traversa en biais les jardins du casino et, comme prévu hélas, s'engagea dans l'avenue du Commandant-Touchard. Le cœur serré dans un étau, Max s'arrêta, sachant désormais où elle allait. De loin, il la vit pousser la barrière du petit jardin d'Adrien. Il fit demi-tour, repartit en traînant les pieds.

Sa femme et son meilleur ami... Pourquoi ? Que leur avait-il donc fait ? Et comment pouvaient-ils encore le regarder en face ? Cinq ans de mariage et vingt-cinq ans d'amitié balayés par un adultère à la sauvette. Quelle pitié !

Incapable de retourner à la brasserie et d'affronter son personnel, il gagna la promenade Marcel-Proust pour pouvoir marcher en regardant la mer. La fin du mois de juin était assez ensoleillée, mais le vent soufflait, soulevant du sable fin sur l'immense plage, en contrebas. Max croisait des familles, des enfants à vélo, des chiens en laisse et des couples d'amoureux sans les voir. Son existence lui semblait fissurée au point de bientôt s'effondrer en l'ensevelissant sous les décombres.

Ce qui le tira de son hébétude fut un petit groupe bruyant qui venait à sa rencontre. Il reconnut des habitués de la brasserie qui le hélèrent gaiement :

— Alors, Max, on se balade ? Ne nous dites pas que la brasserie est fermée, parce qu'on y va de ce pas !

Ils riaient et Max trouva la force de répondre que l'établissement était évidemment ouvert et qu'ils y seraient bien accueillis. Il se remit en route mais, peu après, il s'arrêta de nouveau puis alla s'appuyer à la rembarde. Durant un moment, il observa un voilier, au loin, tout en essayant de réfléchir. Que pouvait-il, que devait-il faire ? Retourner chez Adrien pour surprendre les amants ? Non, il allait s'épargner ce cruel vaudeville. Regagner son appartement pour y pleurer à son aise ? Hors de question, il n'était plus un gamin et ne se laisserait pas aller.

Les minutes s'écoulaient tandis qu'il tentait de remettre ses idées en ordre. Dans un moment, il rejoindrait sa brasserie, s'obligerait à faire bonne figure devant son chef et ses serveurs. La saison estivale commençait, un nouvel apprenti faisait ses débuts en cuisine, les clients affluaient. Et Céline finirait par revenir, avec son insupportable sourire énigmatique qui était finalement celui de la trahison. Ah, comme il aurait voulu ne plus l'aimer, s'en détacher d'un coup, la considérer avec mépris ! Mais c'était impossible, il le sentait bien. Il lui avait donné son cœur une fois pour toutes et n'avait aucun moyen de le reprendre sur-le-champ pour ne plus souffrir.

Il se remit en marche, se redressa, huma l'air iodé que le vent apportait. À présent, il était urgent de choisir l'attitude à adopter. S'expliquer avec Céline ? Fracasser une raquette de tennis sur la tête d'Adrien ? Se draper dans sa dignité de mari trompé ? Fermer les yeux et se taire, par lâcheté ?

Non, il ne parviendrait pas à donner le change, il était bien trop spontané pour arriver à jouer la comédie.

Son regard fut soudain attiré par des gens qui sortaient du Grand Hôtel, côté plage. Cloué sur place, incrédule, il reconnut Céline et Adrien, en compagnie d'un inconnu, qui discutaient en faisant de grands gestes. Comment avaient-ils pu arriver là ? Ils n'étaient pas passés par le bord de mer, ils avaient dû revenir par l'avenue du Commandant-Touchard et pénétrer dans le Grand Hôtel côté jardins. Mais que signifiait leur présence ? Ils n'étaient donc pas en pleins ébats ?

D'où il était, il voyait l'expression réjouie de Céline, qui acheva de le désespérer. À l'évidence sa femme s'amusait, voire s'épanouissait, Adrien à ses côtés... Brutalement submergé d'un accès de fureur, violent comme un uppercut, Max comprit qu'il ne pourrait pas en supporter davantage. Il courut jusqu'aux marches qu'il escalada. Devant l'imposante porte à tambour, l'homme inconnu le regarda surgir, sourcils froncés, et esquissa un geste destiné à l'arrêter, tandis que Céline se retournait et considérait son mari bouche bée.

Au premier regard, Max lut sur le visage de sa femme de la déception.

— Oh, non ! s'exclama-t-elle.

Elle paraissait désappointée plutôt que coupable, et non pas honteuse mais contrariée. Pour sa part, Adrien affichait une petite mimique impuissante, presque amusée. Comble de la provocation, il tapota gentiment l'épaule de Céline.

— Vous vous foutez de moi ? hurla Max.

L'inconnu sursauta, toisa Max de toute sa

hauteur puis adressa un regard interrogateur à Céline qui soupira :

— Mon mari...

— Ah, dommage ! fit l'inconnu d'un air contrit.

Adrien prit alors la parole pour présenter l'homme qui était l'un des responsables du Grand Hôtel.

— Tu arrives mal, ajouta-t-il. À cette heure-ci, tu es censé être à la brasserie.

— Désolé de déranger vos plans ! éructa Max.

— On espérait garder le secret jusqu'au bout, ajouta Céline.

— Au bout de quoi ? De votre liaison honteuse ? Vous êtes deux monstres ! Vous prenez une chambre ici l'après-midi, de peur que je vous tombe dessus ?

— Monsieur ! s'offusqua le responsable.

Adrien eut un petit rire moqueur qui donna immédiatement envie à Max de lui sauter à la gorge.

— Ne sois pas ridicule, mon vieux. Céline et moi ? Tu es cinglé, ma parole...

— Ta parole ne vaut rien ! J'ai vu ton texto sur son téléphone. Un de tes nombreux textos !

— Max ? intervint Céline. Calme-toi, veux-tu ? D'où te viennent ces soupçons ridicules ? On te prépare seulement un très bel anniversaire. Trente-cinq ans, ça compte. Tous tes amis participent à l'élaboration d'une folle soirée qui aura lieu ici, dans ce cadre magnifique, et Adrien m'aide à tout organiser. Nous étions en train de parler du menu avec ce monsieur. Foie gras chaud aux figues et aux raisins pour l'entrée, Adrien t'a soutiré l'info. Pour la suite, je ne te révèle rien, on va essayer de sauver ce qui nous reste de la surprise. On voulait tellement que tu sois stupéfait et émerveillé !

Mais voilà, malgré tout le mal qu'on a pu se donner, c'est raté. Je suis très, très déçue…

Effaré par ce qu'il entendait, Max s'écarta d'un pas, secoua la tête.

— Les « nombreux » textos dont tu parles concernent tous la mise en place de la fête, ajouta-t-elle. D'ailleurs, je peux te les montrer.

Elle prit son portable dans son sac, fit défiler le menu.

— Ah, zut, c'est vrai que j'ai tout effacé car je n'avais plus de mémoire disponible ! Bref, peu importe. La question est : qu'allons-nous faire ?

Max se sentait stupide, il s'était monté la tête et emballé à tort. Non, Céline n'était pas infidèle, Adrien ne l'avait pas trahi. Et non seulement ses soupçons étaient injurieux, mais de surcroît il avait fait tomber à l'eau une surprise dont il aurait dû être le grand bénéficiaire.

— Oh… je suis désolé…, finit-il par murmurer.

Il l'était pour de bon et se demandait comment il pourrait se racheter. Et, accessoirement, comment effacer la mauvaise impression produite sur le représentant du Grand Hôtel. Mais celui-ci, avec un sourire très professionnel, se réjouissait que le malentendu entre ses clients soit dissipé. Par courtoisie, Max se sentit obligé de bavarder un peu avec lui, entre professionnels de la restauration cabourgeaise.

Ce faisant, il ne vit pas Adrien se pencher très discrètement vers Céline, et il ne l'entendit pas chuchoter tendrement à son oreille :

— On a eu chaud !

Michel Bussi

Je suis Li Wei

Je suis Li Wei
Please Help Me
救救我

Un titre d'e-mail en français. Un message en anglais. Un fichier attaché en chinois.

Intrigant, vous ne trouvez pas ? Même si je suis bien d'accord avec vous, jamais je n'aurais dû ouvrir ce fichier ! Dès que je double-clique sur l'icône, je me traite d'idiote et j'imagine que j'ai ouvert la porte à un méchant virus invisible. Aussi stupide que de faire monter dans ma voiture un serial killer qui fait semblant d'être en panne au bord de la route. Cela dit, ça pourrait bien m'arriver un jour ! Plus tard, quand j'aurai une voiture...

Y a le temps ! Je n'ai que quatorze ans.

Y a le temps de réfléchir aussi. Entre la connexion aussi intermittente que les CDD de papa et ma tablette qui date du temps où il avait encore un vrai boulot, le fichier met une heure à s'ouvrir.

救救我
Help Me
Je suis Li Wei...

Vous allez me trouver encore plus idiote quand je vous préciserai que j'ai trouvé ce message dans mes spams. Comme je ne reçois jamais de mails, j'adore fouiller dans mes pourriels, c'est un peu comme faire les poubelles. On trouve des trésors ! Une fois, j'ai cru gagner 20 000 000 de dollars de la veuve d'un président africain qui ne savait pas comment les dépenser. J'avais gardé le secret des semaines, je m'imaginais déjà riche, enfin non, pas riche, mais à la tête d'une fondation finançant une armée de médecins et d'infirmières qui auraient éradiqué le virus Ebola, la malaria, la fièvre avant même ma majorité... Jusqu'à ce que j'en parle à trois copines, qui toutes avaient reçu la même confidence exclusive de la veuve noire. Serais-je si naïve ?

À votre avis, combien de personnes dans le monde, ou rien que dans ma classe, ont reçu l'appel au secours de Li Wei ?

Combien l'ont ouvert ?

Pas beaucoup, sûrement ! Aussi peu que de serial killers pris en stop ? Si les gens hésitent à ouvrir un message qui leur propose de gagner 20 000 000 de dollars, il y a peu de chances qu'ils osent répondre à une inconnue qui demande de l'aide... Mais j'arrête là mon blablabla car le fichier vient de s'ouvrir.

Waouh !

C'est une lettre ! Une lettre manuscrite ! En chinois, du moins, je crois. Je zoome sur les lignes entières d'idéogrammes tracés sur une feuille blanche à l'encre (de Chine, je suppose), puis prise en photo avec un portable, et envoyée.

Autant vous prévenir, je ne parle pas chinois ! D'ailleurs, je ne sais même pas si un seul habitant de ma ville le parle. Ma ville, c'est Fécamp. Un petit port au bord de la mer, entre deux falaises, qui est en train de se faire grignoter par le Havre, un plus gros port. Que vous dire d'autre sur moi ? Je m'appelle Abby. Je suis fan de Lil Wayne, Stromae, Diam's, que des chanteurs qui ont décidé d'arrêter de chanter… Faut croire que je leur porte la poisse ! Je suis en quatrième au collège Jules-Ferry et plus tard, je rêve d'être celle qui trouvera le vaccin pour sauver l'humanité ravagée par une épidémie, genre transportée par des oiseaux migrateurs. Ah oui, un dernier détail. J'ai plutôt de la suite dans les idées !

Ma lettre chinoise par exemple… J'ai commencé par télécharger un clavier en mandarin sur ma tablette, puis, un à un, j'ai recopié sur un fichier Word chaque idéogramme de la lettre photographiée. Ça m'a pris des soirées entières. Mais ensuite, ce fut un jeu d'enfant. Un simple traducteur en ligne, trois clics, et je pouvais enfin lire le message de Li Wei. Et même lui répondre en chinois !

li-Wei-18-65@yahoo.com

Toc toc toc,
Il y a quelqu'un ?
Chut, surtout, si vous avez trouvé ma lettre, ne me répondez pas.

Ne faites aucun bruit, ne parlez pas, contentez-vous de m'écouter.

De me lire silencieusement, ce sera déjà beaucoup pour moi.

Pas la peine de vous mettre en danger pour une petite Chinoise qui va bientôt mourir.

Savoir que quelqu'un m'entend, quelque part, est déjà inespéré.

Envoyez-moi seulement un signe.

Li Wei

*
* *

Abby-bi76@gmail.com

Chère Li Wei,

Je viens te répondre sur la pointe des pieds alors...

Tu m'entends ? Je chuchote, seule dans ma chambre, penchée sur ma tablette, et t'inquiète, je suis couverte par le bruit des vagues. Oui, j'habite au bord de la mer. Et toi ?

J'ai envie de te bombarder de questions... Un bombardement silencieux, je te rassure. Quel âge as-tu ? Où habites-tu ? Pourquoi dis-tu que tu vas bientôt mourir ? Pourquoi est-ce dangereux de te répondre, si tu habites de l'autre côté du monde ?

Tiens, une mouette vient de se poser sur le rebord de ma fenêtre, ou un goéland peut-être. Tu sais faire la différence, toi ? Il y a des mouettes chez toi ? Il y a d'autres enfants chez toi ? Tu as des frères et sœurs ? Je parie que t'es fille unique, comme moi ! Cela dit, si t'es vraiment chinoise, je ne prends pas trop de risques à parier ça.

J'arrête avec mes questions, surtout que le traducteur s'amuse peut-être à déformer tout ce que j'essaye de te raconter.

Wen ni
(Là, je suis sûre de mon coup, ça veut dire Kiss, je t'embrasse, Ti Bacio !)
Abby

*
* *

li-Wei-18-65@yahoo.com

Chère Abby,

Tu n'as pas peur alors ? Je ne plaisante pas quand je te dis que je suis en danger. Encore moins quand je dis que je vais mourir.

Tu veux vraiment en savoir davantage sur moi ?

J'ai quatorze ans, depuis mai dernier, mais comme toutes les petites Chinoises, je fais un peu plus jeune que mon âge. Je ne sais pas si je suis jolie. Aucun garçon ne me l'a jamais dit, et aucun ne me le dira jamais. Ici, je suis entourée de filles. Ah-Ma, ma grand-mère, Ang ma mère, et Zhao ma tante. Ici, d'où je t'écris, c'est une cave. La cave où nous sommes cachées depuis plus d'un mois. Et les hommes, tu vas me demander ?

Les hommes sont tous partis se battre pour défendre la ville. Ils se postent sur chacun des ponts, du moins ceux qui sont encore entiers. Chaque jour, je tremble à l'idée qu'une bombe tombe sur celui où Jiong mon père, Bao-Qing mon oncle, ou Mushu mon frère montent la garde. Ou qu'un tireur caché leur tire une balle dans le dos. C'est une drôle de guerre. Une guerre dont personne ne parle. Mais je ne vais pas t'ennuyer avec ça, ce sont des histoires de Chinois.

Je préfère te parler de mes oiseaux ! Tu veux bien ? Dans ma cave, à part toi bien entendu, mes seuls confidents sont Fuk, Luk et Sau. Trois mandarins ! Pas les vieux conseillers de l'empereur dans la Cité interdite, tu t'en doutes. Trois oiseaux ! Ils font un peu de bruit dans leur cage, maman voudrait qu'on s'en sépare, elle a peur qu'ils nous fassent repérer, mais Ah-Ma et moi on tient bon ! Contrairement à ce que dit maman, ils nous portent chance. Fuk, Luk et Sau sont trois petites étoiles très connues en Chine, elles signifient santé, richesse et longévité. Alors tu vois ! Si les gardiens du Royaume céleste nous trouvent, avant qu'ils nous tuent, je les laisserai s'envoler.

Que veux-tu savoir d'autre ? À quoi, dans ma cave, je peux bien occuper mes journées ? Eh bien à t'écrire, mon amie, à parler à mes oiseaux, et à broder aussi. J'habite dans la capitale de la soie, figure-toi ! Ici, toutes les filles savent broder. Moi, je déteste ça ! Enfin, je détestais ça avant d'être enfermée dans cette prison noire toute la journée. Maintenant, je commence presque à aimer... Je me brode une robe de soie. Ah-Ma dit même que je suis douée, mais je crois que c'est pour m'encourager.

Je t'embrasse fort, Abby
Li Wei, ta petite Chinoise en cage

*
* *

Abby-bi76@gmail.com

Chère Li Wei,
Ma brodeuse encagée,
Ton message m'a bouleversée !

C'est dingue, j'ai l'impression que tu es là, à côté de moi, à m'écrire, comme une copine que je croise dans le bus ou à la sortie du collège. Alors qu'en réalité je suis impuissante, à l'autre bout du monde.

Qu'est-ce que je peux faire, Li ?

Remuer ciel et terre ? J'ai cherché sur Internet *Guerre* et *Chine*, et même *capitale de la soie*, mais je n'ai rien trouvé à part le Tibet.

Alors si tu veux que je t'aide, il faut que tu m'aides ! D'ici, Li, je peux mobiliser une armée de Casques bleus... Une armée de casques blonds de ma classe au moins. On peut alerter l'opinion. On peut faire bouger les choses. Dis-m'en plus !

Où habites-tu ? Une ville chinoise avec des ponts, c'est un peu vague pour te localiser sur Google Earth ! Parle-moi de ta guerre aussi... Pourquoi est-ce que les Américains n'interviennent pas ? Ils interviennent partout dans le monde, non ? Ou les Anglais ? Ou même les Français ? Et qui sont tes affreux gardiens du Royaume céleste ? On dirait une secte !

Tu sais, j'ai parlé de toi à ma meilleure amie, ma meilleure amie d'ici je veux dire. Ambre. Tu ne m'en veux pas ? Enfin si, tu peux m'en vouloir parce qu'elle m'a servi en retour une méga leçon de morale. Du genre de ne pas engager de conversation sur Internet avec un inconnu, que tu n'étais peut-être pas une fille, peut-être même pas chinoise, juste un barbu qui habite dans le quartier, ou en Arabie, et qui cherche à m'embobiner d'abord, puis à me radicaliser ensuite. Les gens sont tous fous avec ça ici ! Dès que t'es un peu solitaire, gentille, naïve... t'es une cible potentielle ! À croire qu'on devrait tous se balader en troupeau, rester groupés à brouter la même herbe avec les mêmes têtes de veau. De toute façon, ton message vient de Chine, pas de Syrie ou de Libye, et je ne sais même pas s'il y a des musulmans en Chine... et puis je ne crois pas que l'islam soit la seule excuse au monde que les gens ont trouvée pour s'entretuer.

Bon courage Li !
Reste bien à l'abri.
On va se créer une chaîne d'amitié planétaire, tu verras !
On va te tirer de là.
Abby

P-S : tu pourras m'envoyer une photo de ta robe de soie brodée ? Je serai plus objective que ta mamie Ah-Ma, je te dirai si tu es vraiment douée !

re-P-S : j'aurais préféré te poster mon message par mouette-express, direct du balcon, pour qu'elle vienne tenir compagnie à tes mandarins... mais ça urge !

Alors je clique sur *envoyer*.
Vite vite vite, réponds-moi.

★
★ ★

li-Wei-18-65@yahoo.com

Mon Abby,
J'ai beaucoup pleuré cette nuit. Papa, Bao-Qing et Mushu ne sont pas rentrés pour dormir. Les tirs de fusils ont sifflé du soir au matin. Mon père, mon frère et mon oncle ne sont arrivés qu'à l'aube, avec de la boue et du sang sur les mains. Ils ont dormi trois heures, puis ils y sont retournés. Je sais bien qu'ils sont encore en danger, mais je suis un peu rassurée, plus qu'hier soir en tout cas. Les armes grondent moins dans la journée.

Tu veux vraiment en savoir davantage sur cette guerre étrange ? Si je voulais résumer au plus court, je pourrais te dire que les gardiens du Royaume céleste veulent couper ma natte, ma longue natte brune, mais ça te semblerait un peu léger pour expliquer tous ces massacres. C'est ce que je pense aussi ! Tu vois, je ne suis pas douée pour expliquer les guerres.

Parfois, maman ou papa me parlent d'un Chinois qui aurait découvert qu'il était le frère de Jésus, et qui veut imposer les nouveaux commandements célestes. Jésus ? Tu te doutes qu'il n'est pas très populaire ici ! Alors les hommes se battent en attendant que les Américains viennent nous sauver. Ils arrivent il paraît, ils ont même appelé leur troupe l'Armée Toujours Victorieuse. Moi je préférerais qu'elle soit l'armée Qui Arrive Toujours à Temps.

Il paraît que c'est à cause de Jésus qu'ils ont longtemps hésité, les Américains, les Anglais et les Français, à choisir leur camp.

Mais si je ne te parle que de la guerre et de mes malheurs, tu ne vas pas rester longtemps mon amie. Faut que je te parle aussi de ma vie !

J'habite à Suzhou, une petite ville du sud de la Chine. C'est la plus belle ville du pays ! Enfin, avant que les bombes tombent dessus. D'ailleurs, je vais te parler de ma ville telle que je m'en souviens, puisque cela fait des semaines que je ne suis pas sortie de ma cave. Suzhou, c'est la Venise de l'Asie. Des ponts et des canaux partout, plusieurs centaines, des milliers même, disait Marco Polo ! Et des pagodes aussi… et surtout, le plus beau de tout, des parcs ! Écoute les noms, seulement les noms, et tu pourras commencer à imaginer à quel point ils sont sublimes : le jardin de l'Humble Administrateur, le jardin de la Politique des simples, le jardin de la Retraite du Couple, et mon préféré, le jardin du Maître des filets.

Quelles autres nouvelles de ma grotte ? Tiens, mes mandarins ont fait des petits ! Quatre œufs tout blancs dans leur nid. Mais maman les a détruits. À cause de leur cage trop petite, dit-elle. Comme s'il n'y avait pas déjà assez de morts, qu'il fallait écraser aussi les coquilles des bébés oiseaux. Comme si notre cage n'était pas elle aussi trop petite.

Alors je passe mes journées à coudre. J'ai choisi une robe de soie verte, d'un joli vert couleur de feuille, et je couds sur elle des roses de Chine rouges et jaunes. Je tente de reproduire celles de mon parc adoré, le jardin du Maître de filets.

Je l'aperçois, par le tout petit soupirail, si je me mets sur la pointe des pieds.

Ici, c'est une tradition, les jeunes filles cousent une robe pour elles, et, des années plus tard, la transmettent à leur fille, puis à leur petite-fille. Moi, je sais bien que je n'aurai jamais de fille, et encore moins de petite-fille.

Je sais que je ne serai jamais vieille. Je vais mourir ici. On ne retrouvera que ma robe. Tu vas voir, Abby, je vais tout faire pour qu'elle soit la plus belle. Pour qu'au moins, elle, soit éternelle.

Moi, tout le monde m'oubliera.

Ta petite mandarine
Li Wei

★
★ ★

Abby-bi76@gmail.com

Chère Li Wei,
Waouh !
Merci pour la photo de ta robe de soie. Comment te dire ? J'ai pas les mots, et pourtant je me défends pas trop mal en français. Magnifique, divine, féerique, ça te va ? Je n'ai jamais vu un tissu qui ressemble autant au vert pur de la nature, des reflets sur la soie qui rappellent autant le vent dans les feuillages, des fleurs cousues qui aient l'air si vivantes qu'on se pencherait dans ton cou pour les sentir ! J'adore tes roses de Chine. Papa m'a dit qu'ici, en Europe, on les appelle des hibiscus.

Je veux te voir la porter, cette robe, Li. Et je

te jure que ta fille et ta petite-fille la porteront, elles aussi.

Excuse-moi, j'insiste un peu sur ta robe, parce que c'est le plus facile. Et le plus joli.

Comme il est terrible ton message, Li.

J'ai cherché, j'ai beaucoup cherché. Grâce à tes indices. J'ai trouvé ta ville, Suzhou. J'ai visité les parcs, j'ai suivi les canaux, j'ai franchi les ponts sur Internet. Ils ont l'air toujours debout.

J'ai cherché si Jésus avait un frère... Et personne, mais vraiment personne n'a l'air d'accord là-dessus. Ça ne m'a pas beaucoup avancée. Alors j'écoute l'actualité, en espérant qu'ils parlent de toi et de Suzhou.

Ils n'en parlent pas. Mais si j'y réfléchis, ça ne m'étonne pas.

C'est étrange les actualités, tu sais, ici. S'il y a un mort en France, ou même juste un blessé, dans un attentat par exemple, ça va faire la une de tous les journaux. En boucle ! Si l'attentat a lieu en Europe, ou aux États-Unis, on en parlera énormément aussi. Mais si une bombe explose sur un marché en Afrique, si des terroristes tirent à la mitraillette dans des écoles en Irak, ou si des filles qui cousent des robes sublimes doivent se réfugier dans des caves en Chine, personne n'en sait rien. Ou juste une seconde. 78 morts. Hommes femmes enfants, dans l'explosion d'un hôpital au Pakistan. Passons aux sports maintenant.

Parfois, je me dis que c'est étrange qu'un mort, quelqu'un qu'on ne connaît pas, je veux dire, nous rende triste s'il habite près de chez nous, et que sinon, ben, on s'en fout. Parfois, je me dis que c'est ça qui explique les guerres. Que quand on ressentira la même tristesse pour tous les morts du monde, alors, on aura fait un grand pas vers la paix.

Dis-moi, Li, est-ce que c'est parce que je n'ai pas de cœur que j'écris ça ? Ou parce que j'en ai trop ?

Je ne vais pas t'abandonner, Li !

Tiens bon.

Donne-moi d'autres indices.

Je vais aller lui secouer les puces, moi, à ton armée américaine toujours victorieuse mais jamais à l'heure.

Ton Abby, du dimanche et de tous les autres jours. Jours et nuits.

*
* *

Abby-bi76@gmail.com

Li,

Où es-tu, Li ?

Dix jours que je n'ai pas reçu de réponse à ma lettre.

Faut-il que je te la reposte par mouette ?

Réponds-moi,

Je t'en supplie.

Ton Abby

*
* *

li-Wei-18-65@yahoo.com

Chère Abby,

Je ne voulais pas te faire de peine, je voulais t'épargner ces derniers mots.

Mais je t'avoue qu'ils me font du bien aussi. Qu'ils me donnent du courage. Même si ce sont les derniers. Même si après celui-ci, tu ne liras plus d'autres messages.

Je suis désolée Abby. Je n'ai que des nouvelles terribles à t'annoncer.

La mort approche. La mort m'encercle.

Papa, Bao-Qing et Mushu ne sont pas rentrés depuis plusieurs jours. Depuis, maman et tante Zhao n'arrêtent pas de pleurer. Même si Ah-Ma tente encore de les rassurer, je sais bien qu'il n'y a plus rien à espérer. Les bombes tombent toujours plus fort au-dessus de nous. La poussière passe par le plafond. Il y en a parfois tant qu'on n'arrive plus à respirer.

Fuk et Sau se sont endormis à jamais. Hier matin, quand je me suis réveillée, ils étaient tombés de leur perchoir, complètement raides, comme empaillés. C'est que notre oxygène doit commencer à manquer.

Ah-Ma et maman veulent que je me sauve.

Elles me le répètent de plus en plus souvent, les gardiens du Royaume céleste vont arriver, envahir la ville, tout fouiller, ne laisser aucun survivant. Ah-Ma, tante Zhao et maman disent qu'elles sont trop vieilles pour s'enfuir, mais que moi je peux y arriver. Je suis fine et rapide.

Qu'en penses-tu, Abby ? Je ne veux pas les abandonner. Je ne peux pas abandonner nos morts.

Je ne veux pas t'abandonner. Tu sais, il faut que je t'avoue autre chose. La dernière fois que j'ai vu papa, il s'est penché au-dessus de mon lit, le soir, avec son fusil qui glissait sur son épaule, et il m'a dit qu'il n'y avait pas seulement des centaines de morts dehors. Pas seulement des milliers. Il parlait de millions, de 10, de 20, de 30 millions de morts.

Il disait qu'on n'était que des petites étoiles que tout le monde oublierait. Qu'il y a des gens qui réalisaient de grandes choses sur cette terre, et puis d'autres qui la traversent sans qu'on se souvienne davantage d'eux que d'une fourmi. Des étoiles filantes. Des vies qui ne comptent pas. Des morts que seuls les historiens additionnent.

Je suis juste une petite étoile filante, Abby.

Une fourmi.

Je vais ouvrir la cage et, doucement, prendre Luk le dernier des mandarins au creux de mes deux mains. Je vais remonter l'escalier de la cave, et quand je serai dehors, j'ouvrirai mes doigts et je le laisserai s'échapper.

Il n'a aucune chance de survivre, maman me l'a répété, c'est un oiseau qui n'a jamais appris la liberté.

Tout comme moi !

Il la goûtera quelques minutes, il se gavera d'air pur, il connaîtra la folle sensation de l'envol vers l'arbre le plus proche. Puis il sera déchiqueté par les autres oiseaux.

Tout comme moi !

Adieu Abby

J'ai aimé t'avoir comme amie.

Ne sois pas triste, puisque tu m'as rendue plus

heureuse, plus heureuse que je n'aurais pu le croire pendant ma courte vie !

Li Wei, la fille à la robe aux hibiscus

★

★ ★

Abby-bi76@gmail.com

Li,
Li Wei je t'en prie.
Ne meurs pas.
Réponds-moi, Li Wei.
Donne-moi de tes nouvelles…
Rien n'est perdu, rien ne peut être perdu.
Je veux te sauver, Li.
Je peux te sauver. Réponds-moi.
Réponds-moi.

Abby

★

★ ★

Li Wei ne m'a jamais répondu.
Je n'ai plus jamais reçu de nouvelles d'elle. Je n'ai jamais su ce qu'elle était devenue.
Assassinée par ces gardiens du Royaume céleste ?
Je n'ai jamais compris quelle était cette guerre dont elle me parlait.
Les personnes sérieuses à qui j'avouais cette correspondance mystérieuse m'assuraient que j'avais été victime d'une farceuse, ou d'une mythomane.

Mes amis riaient, mais pas pour se moquer, ils riaient pour soulager ma peine. Selon eux, rien ne tenait debout dans le récit de Li Wei : une guerre dont personne n'a jamais entendu parler, le fils de Jésus ressuscité en Chine, le bombardement en grand secret des parcs et ponts d'une ville classée au patrimoine de l'UNESCO (car Suzhou est classée au patrimoine de l'UNESCO, j'ai vérifié) et pour couronner le tout, 20 millions de morts, un chiffre aussi crédible que les 20 millions de dollars promis par une veuve africaine !

Une plaisanterie ? Un mensonge ?

Li Wei, un personnage inventé ?

Malgré les évidences que l'on me collait devant le nez, jamais je n'ai pu l'accepter.

Je me suis cramponnée à une obsession : j'aurais pu la sauver !

Li Wei m'avait appelée au secours, m'avait tendu la main, et je n'avais pas su la saisir.

L'année suivante, en troisième, j'ai choisi un lycée qui proposait une option chinois, à Rouen. Trois ans plus tard, j'entrais à Sciences-Po Asie au Havre. J'ai travaillé cinq soirs par semaine comme serveuse au Soleil de l'Orient pour financer mes études, payer ma chambre, et surtout économiser.

Pas pour m'offrir une voiture, un lave-vaisselle ou un nouveau forfait. Pour m'offrir un voyage.

Juste un voyage !

*
* *

Je marche dans les rues de Suzhou. Seule. De temps en temps, je demande à un passant ma route et il semble surpris qu'une jeune Occidentale s'exprime en chinois. Je longe pendant des heures les canaux de la Venise Jaune. Je me perds dans les parcs, j'en savoure le calme, comme si le temps s'y était arrêté, alors que tout va si vite dehors, en Chine.

Je finis par trouver le jardin du Maître des filets, le plus beau de tous avec ses pagodes aux toits pointus, ses lacs de poche et ses incroyables allées d'hibiscus. Je traîne un peu dans les rues qui entourent le parc, toutes les maisons se ressemblent. Je repense aux mots de Li Wei, « *le jardin du Maître des filets, mon préféré. Je l'aperçois, par le tout petit soupirail, si je me mets sur pointe des pieds* ».

C'était il y a quatre ans...

Je ne dispose d'aucun autre indice.

Ma quête n'a aucun sens... Il fallait seulement que je vienne ici pour comprendre qu'aucune guerre n'a pu s'y...

Je m'arrête soudain, en pleine rue. Des vélos font des embardées pour m'éviter.

Devant moi, au balcon d'une maison grise et rouge identique à toutes les autres, une cage d'oiseaux est accrochée. Vide. Sous mes pieds, à la hauteur du trottoir, je repère un minuscule soupirail.

Une cloche pend devant la porte. Je sonne. Une femme âgée vient presque aussitôt m'ouvrir. Elle ne semble pas vraiment étonnée qu'une petite blonde se tienne sur son seuil.

— Excusez-moi, dis-je en cherchant à m'exprimer dans le chinois le plus parfait, est-ce que...

— Entrez, me coupe-t-elle. Entrez, Abby.

La Chinoise me laisse passer comme si nous étions de vieilles amies. J'entre, les jambes tremblantes.

La vieille femme se nomme Fang, m'offre un thé noir, me fait asseoir sur un petit coussin de velours. Tous les murs de son salon sont tapissés de broderies, des paysages marins, des bouquets de fleurs, des temples, mais mes yeux se posent surtout sur la magnifique robe de soie verte, brodée d'hibiscus rouges et jaunes, portée par une très grande poupée de porcelaine posée sur une chaise.

Fang souffle sur son thé et s'assoit face à moi.

— Cette poupée s'appelle Abigaël, me dit-elle. Mais Li Wei la surnommait Abby.

Je n'arrive pas à prononcer un mot. Incapable de discerner si le mystère de Li Wei se dissipe ou s'épaissit encore. Fang s'est relevée, et du tiroir d'une petite commode noire en bois laqué sort une liasse de feuilles reliées par un ruban de soie. Elle chausse les lunettes qui pendent à son cou et me tend les feuilles.

— Li Wei a beaucoup écrit quand elle était dans la cave. Sa seule amie, sa seule confidente était la poupée de son enfance. Abby.

Je saisis les feuilles noircies d'idéogrammes. Je les reconnais. Ce sont les lettres que je recevais. Mes yeux n'arrivent pas à se détacher de ceux, immobiles et peints, de la poupée.

— J'ai tellement lu et relu ces lettres, continue Fang. Ces si belles lettres. Je trouvais si injuste qu'un tel appel au secours ne reçoive aucune réponse. Qu'il ne soit écrit que pour une amie de porcelaine. Alors j'ai eu cette idée folle ! (Fang esquisse un petit sourire satisfait.) J'ai cherché sur Internet toutes les adresses d'Abby que je trouvais, partout dans le monde, et je leur ai envoyé la première lettre de Li Wei. Vous êtes la seule, parmi les milliers d'Abby qui l'ont reçue, à avoir répondu.

Le coussin semble glisser sous mes fesses. Je me rends compte que Li Wei ne m'a jamais parlé de Fécamp, des mouettes, ou du collège Ferry... Ma voix tremble un peu.

— Li Wei ignorait que j'existais, alors ? Elle n'a jamais lu mes messages ? Quand elle écrivait *Mon Abby*, elle parlait à sa poupée, pas à moi ? Vous photographiiez ses lettres et vous me les postiez, sans qu'elle le sache ? Pour que son appel au secours porte au-delà de sa cave ?

Fang souffle sur son thé avant de me répondre.

— La plus grande peur de Li Wei était de mourir oubliée. Sans amie. Sans revoir le soleil. Comme une petite souris prisonnière.

Je prends le temps de réfléchir pendant qu'elle boit son thé à petites gorgées. Un appel au secours désespéré ? Mourir oubliée ? Je demande, la voix de moins en moins assurée :

— Tout était donc vrai dans son récit ? La cave. La cage aux mandarins. La robe de soie. Son père, son oncle, son frère qui ne reviennent pas. La guerre. Les snipers. Les bombes.

Fang hoche la tête, parfaitement calme.

— Oui. Tout est vrai...

En contraste, j'ai envie d'exploser. Je me lève d'un bond.

— J'aurais pu la sauver ! Je suis la seule à avoir répondu à son cri de détresse. Il y a quatre ans, j'aurais dû la sauver ! Je suis arrivée trop tard.

Sur la commode noire du salon, j'aperçois une photographie dans un cadre. Trois femmes y posent dans une pièce sombre. Une femme très âgée, une adulte, jolie et élégante, et une adolescente fluette, qui porte la robe de soie aux hibiscus. Li Wei, Ang sa mère et Ah-Ma sa grand-mère ? Toutes les trois enfermées dans la cave ? Je repense aux mots de Li Wei. Ici, les femmes offrent leur robe à leur fille, puis à leur petite-fille. Sa peur de disparaître avant de l'avoir transmise.

— Oui, confirme Fang. Vous arrivez trop tard. La mère de Li Wei, sa tante Zhao et sa grand-mère Ah-Ma ont été exécutées par les gardiens du Royaume céleste lorsqu'ils ont découvert leur cachette. Son père Jiong, son oncle Bao-Qing et son frère Mushu étaient tombés la nuit d'avant, tués dans une embuscade. Mais... (un imperceptible sourire s'affiche sur le visage de la vieille Chinoise). Mais Li Wei a survécu !

Mon cœur fait un bond ! Li Wei, vivante ?

Je ne cesse de regarder la photo de l'adolescente qui porte la robe aux hibiscus. Li Wei doit avoir dix-huit ans aujourd'hui. Mon âge ! À fixer ce cliché, je ressens une émotion surnaturelle, j'ai presque l'impression d'avoir déjà vu ses yeux noirs frondeurs qui tranchent avec son sourire timide et posé.

— Li Wei a réussi à s'échapper, continue Fang. Elle est sortie de la cave avant que ces fous de Dieu n'entrent chez elle, exactement comme elle l'explique dans sa dernière lettre. Tous les habitants de la ville ont été massacrés. Elle a été la seule survivante. Elle s'est cachée dans le jardin du Maître des filets. On raconte que la robe qu'elle portait, cette robe vert feuille aux hibiscus brodés, était si parfaite que les soldats sont passés dix fois devant les allées bordées de roses de Chine sans la repérer.

Li Wei vivante ! Mon cœur-trampoline fait des sauts de plus en plus hauts. Salto. Li Wei a cessé de m'écrire, ou d'écrire à sa poupée plutôt, parce qu'elle était en fuite... Double salto. Mais la guerre est finie aujourd'hui. Suzhou est redevenue la plus tranquille de toutes les villes de Chine. Li Wei ne craint plus rien !

Je me retourne vers Fang, incapable de dissimuler mon excitation.

— C'était quoi cette guerre, il y a quatre ans ? Ces gardiens du Royaume céleste ? Une secte ? Li Wei parlait de millions de morts. C'est... (j'hésite, je déglutis, je repense à toute la famille de Li Wei décimée et je déteste les mots que je vais prononcer). C'est... C'est exagéré, non ?

Fang ne réagit pas. Elle boit une dernière gorgée et pose son gaiwan.

— Abby, avez-vous entendu parler de la révolte des Taiping ?

Je secoue négativement la tête.

— C'est de cette guerre dont Li Wei parlait. Un seul homme l'a provoquée, Hong Xiuquan, parce qu'il se prenait pour le second fils de Dieu, le frère de votre Jésus. Beaucoup l'ont cru dans le sud et l'est de la Chine. Les Américains et les Anglais ont fini par aider le gouvernement chinois à vaincre Hong Xiuquan et ses alliés, mais le mal était fait.

Fang marque une nouvelle longue pause, touche la robe de soie du bout des doigts, laisse son regard se perdre dans la photographie des trois femmes, avant de continuer.

— Les historiens estiment que la révolte des Taiping a provoqué entre 20 à 30 millions de morts. Pourtant, presque personne en dehors de la Chine n'en a entendu parler. D'après les historiens, la Seconde Guerre mondiale exceptée, il s'agit du conflit le plus meurtrier de toute l'histoire de l'humanité.

Mon cœur-trampoline vient de s'étaler. La guerre la plus meurtrière de toute l'humanité ? J'étais alors au collège, et aucun journal n'en parlait ! Je repense à ma vieille théorie de la distance et de l'indifférence, des morts qui comptent moins quand ils sont loin. Mais comment passer sous silence 20 millions de victimes ?

Je continue à réfléchir tout en fixant moi aussi la photographie. Je remarque que des prénoms sont inscrits sous chaque femme. Intriguée, je découvre que la plus jeune, celle qui porte la robe de soie, ne se prénomme pas Li Wei… mais Fang ! Je comprends immédiatement cette impression de déjà-vu. Cette adolescente au visage sage et aux yeux rieurs est mon hôte.

— C'est bien moi, confirme Fang en posant son doigt sur la photo, quand j'avais quatorze ans.

Elle fait glisser son index sur la seconde femme.

— Shun-Mu, ma mère. Elle était belle, n'est-ce pas ?

Son doigt s'arrête sur la dernière. La femme la plus âgée.

Inexplicablement, je sens mon cœur s'emballer. S'envoler. Comme pour ne plus jamais se poser.

— Li Wei, dit doucement Fang. Ma grand-mère. Toute sa vie, elle nous a parlé de la révolte des Taiping, ces années terribles, de 1850 à 1865,

49

les quinze premières de sa vie. Elle est morte ici, dans son lit, presque cent ans plus tard. Je n'ai retrouvé ses lettres qu'il y a quatre ans. Un témoignage, qui semblait si actuel, d'une guerre oubliée. On se bouche tellement les yeux, Abby. Il y a tant, dans le monde, de guerres et de victimes oubliées.

Maxime CHATTAM

L'Anomalie

Olivier Trefoe avait un mal de crâne épouvantable lorsqu'il sortit de l'immeuble où il travaillait comme assistant chef de produit. Oliv, comme l'appelait tout le monde, avait son bureau au troisième étage et passait le plus clair de son temps sur son ordinateur ou au téléphone avec les fournisseurs de textiles, et il savait qu'après une bonne journée de boulot il n'était pas rare de se coltiner une migraine infernale. Et puis il ne s'était pas assez hydraté, comme toujours.

Il profita de l'air frais de la rue pour se relaxer un peu. Le printemps se profilait, sa saison préférée, une fois l'hiver glacial et morne encaissé, la promesse de tiédeur, des caresses du soleil sur la peau, des vêtements qui se raccourcissent... Tout était plus simple lorsqu'il faisait plus doux et plus beau.

Olivier opta pour la marche, il détestait le métro. Pratique les jours de grand froid ou pour esquiver la pluie, mais bruyant, sale et malodorant. Il détestait les regards des passagers, cette façon qu'avaient les gens de se toiser, de se juger. Chaque fois, il avait l'impression de passer un examen d'inspection physique. Il fallait bien reconnaître que l'apparence n'était pas sa priorité. Olivier était davantage porté sur ce qu'il était à l'intérieur, il y avait déjà bien assez à faire pour se sentir beau, il partait du principe que la suite relevait d'une certaine logique, celui qui s'équilibrait au-dedans s'épanouissait au-dehors.

Il marcha à son rythme, c'est-à-dire lentement, pour rejoindre la gare. Il n'était pas pressé, il avait tout son temps, il était parti tôt du bureau aujourd'hui, besoin de se reposer, il en avait fait bien assez pour la journée.

Il connaissait ce quartier comme sa poche, l'impression qu'il était devenu un prolongement de son chez-lui avec les années. La routine quotidienne. Parfois écrasante. Abrutissante.

Lorsqu'il entra dans la gare, la foule pépiait et fusait en tous sens, trop pressée de rejoindre ses pénates. Le hall principal brassait cette marée humaine avec indifférence, comme s'il s'agissait de bétail, et tous se le rendaient largement, s'ignorant, se bousculant, accaparés par les panneaux d'affichage des voies, leurs regards hypnotisés par les écrans, que ce soit ceux des destinations ou ceux de leurs téléphones portables, il y avait peu de place pour l'échange, pour la curiosité.

Olivier devait être de la vieille école, car il était davantage pour l'échange réel que virtuel, mais ce n'était plus du tout au goût du jour, manifestement.

De la très très vieille école, mon vieux !

Même ceux de sa génération étaient contaminés. Un reflet synthétique brillait au fond de leurs yeux tandis qu'ils patientaient pour l'annonce de leur train ou son entrée en gare.

Résigné depuis longtemps, Olivier fit comme tout

le monde et chercha son train dans la masse de lignes et de chiffres.

Il ne le trouva pas du premier coup, alors il se reconcentra et lut toute la colonne avant de secouer la tête. Pour une fois qu'il quittait son poste en avance, c'était bien sa veine, aucun train pour renter chez lui !

Vaincu, il attrapa un journal gratuit qui traînait sur le coin d'une poubelle et alla s'installer un peu plus loin pour le feuilleter le temps que ce soit son tour.

Le monde ne tournait pas bien rond, il s'en rendait compte presque chaque jour. La lecture sur papier était elle-même en train de devenir source de méfiance. La femme à côté de lui jeta plusieurs coups d'œil agressifs dans sa direction avant de s'éloigner comme s'il la dérangeait avec son journal. Et voilà, ça recommençait. Viendrait un jour où même les livres seraient suspects. Pire, à ce rythme en lire deviendrait illégal ! Trop subversif ! Seulement sur un écran ! Olivier s'en amusa avec ironie. Il imaginait les slogans tagués sur les murs dans les rues. « Lire sur papier nuit à votre virtualité ! » « L'objet est sacrilège, l'abstrait est l'avenir ! » On traquerait les lecteurs et brûlerait les livres comme dans ce roman qu'il avait lu adolescent... *Fahrenheit 451,* se souvint-il. Quelle farce ! Il en souriait tellement c'était grotesque.

Dix minutes plus tard, il n'y avait toujours aucun train pour rentrer chez lui. Il commençait à en avoir assez, mais il se força à faire preuve d'encore un peu de patience. De toute façon qu'allaient-ils faire ? Lui en inventer un ?

Si ces fichus wagons étaient virtuels eux aussi, ça

serait facile ! Un clic et hop ! En voiture messieurs-
dames !

Mais lorsqu'une demi-heure fut écoulée, il se mit en quête d'un comptoir d'information et tomba sur une borne automatique. Il s'y essaya plusieurs fois, tapant le nom de sa ville sur le clavier digital, mais capitula en ne parvenant même pas à la faire s'afficher. Il voulait de l'humain, rien que de l'humain, c'était tout de même plus facile, moins codifié, moins rigide. Il dut traverser le hall à deux reprises avant de repérer une vitre avec un agent derrière, presque cachée par les panneaux publicitaires.

— Bonjour, je voudrais rentrer chez moi, mais je ne trouve aucun train, est-ce que vous pourriez me dire quand est le prochain, s'il vous plaît ?

L'employée ne devait plus être très habituée à la sollicitation depuis que les machines pullulaient un peu partout autour d'elle, car elle lui adressa un regard presque dégoûté et soupira avant de mettre en marche son micro.

— Vous voulez quoi ? demanda-t-elle.

Olivier répéta sa question, prenant soin d'user d'un ton amical afin de réinjecter un peu de bienveillance dans cet échange qui partait mal.

— Quelle destination ?

— Blairville, c'est chez moi.

La femme s'empara à contrecœur d'un clavier comme si elle perdait un précieux temps et y pianota avant de secouer la tête.

— Ça s'écrit comment ?

— Comme ça se prononce, B-L-A-I-R-V-I-L-L-E.

— Non, j'ai rien à ce nom.

— Euh… m'enfin, c'est étrange. Vous pouvez recommencer, s'il vous plaît ?

Elle refit « non » du menton.

— Rien je vous dis. C'est pas cette gare ou c'est pas la bonne ville.

— Écoutez, je prends le train d'ici tous les jours depuis vingt ans, je pense quand même que je suis bien placé pour vous dire que c'est la bonne ville et la bonne gare.

— Moi je n'ai rien sur mon écran.

— Bon d'accord, mais vous avez bien un dépliant ou quelque chose avec les horaires, non ?

— C'est fini ça, on n'en fabrique plus. C'est sur les ordinateurs maintenant. Et les bornes.

Olivier claqua les mains le long de son corps.

— C'est ridicule… Et je fais comment, moi ?

— Changez de gare.

L'employée commençait à s'impatienter.

— Non, mais… C'est à n'y rien comprendre ! Vérifiez encore une fois.

— Je vais pas y passer la soirée non plus. Si je n'ai pas de Blairville, c'est qu'il n'y a aucun train qui parte d'ici pour cet endroit.

Olivier avait l'impression qu'on lui jouait un mauvais tour, et pendant un instant il regarda tout autour de lui pour s'assurer que la foule ne s'était pas figée pour le contempler et éclater de rire, mais non. Chacun poursuivait sa route sans se soucier de lui. Un invisible parmi les invisibles.

— Puisque je vous dis que je prends ce train tous les jours ! s'agaça-t-il.

— Vous me fatiguez, monsieur, bonsoir !

La femme tira sur un petit rideau à l'intérieur de sa cabine et mit un terme à toute discussion.

Olivier était effaré. Comment était-ce possible ? Comment allait-il faire pour rentrer chez lui ? Le plus inquiétant était cette conjuration improbable des panneaux, des machines et même de l'être humain pour rayer sa ville de la carte. Pendant un bref instant, il se demanda s'il n'était tout simplement pas en train de sombrer dans la démence avant de se raccrocher à sa vie, à ces années d'expérience ici même dans ce hall. Il haussa les épaules et retourna sur une des bornes qui lui donna le même résultat, quelle que soit l'orthographe qu'il employait pour écrire le nom de sa ville – après tout il n'était pas à l'abri d'une erreur humaine à la base, au moment d'implémenter la destination dans le système informatique. Cette fois cela frisait l'absurdité. Ionesco aurait adoré, songea-t-il avec dépit.

Il fouilla dans ses poches toujours encombrées de bêtises pour en extraire son vieux téléphone portable. Lui n'avait pas cédé aux sirènes de la technologie esclavagiste, celle-là même qui produisait des moutons prêts à travailler durement chaque journée pour avoir le droit de reverser leur salaire à cette déesse capricieuse et changeante, exigeant toujours plus, toujours mieux. Le sien de portable fonctionnait à peine, une antiquité. Il composa de tête le numéro de son domicile en espérant que sa femme était déjà rentrée. Il fallait qu'il partage. Peut-être aurait-elle une de ses brillantes idées…

Le numéro n'était pas attribué.

Olivier inspecta le minuscule cadran. C'était pourtant les bons chiffres. Il recommença pour le même résultat.

— C'est pas vrai ! dit-il tout haut. Mais on se moque de moi ?

Quelque chose ne tournait pas rond. D'abord la ville puis maintenant son domicile ? Où est-ce que tout cela allait s'arrêter ?

Une bouffée d'angoisse l'envahit avant qu'il ne se contrôle en respirant méthodiquement.

Tout va se résoudre, c'est juste un malentendu, un fichu malentendu.

Olivier ne savait plus trop quelle marche suivre. Cette gare était son repère, pleine d'automatismes, alors il se concentra pour reconstituer mentalement le parcours qu'il empruntait cinq jours par semaine. Son train se trouvait presque à chaque fois sur les voies les plus à droite, entre 19 et 23. Oui, c'était ça, déjà un bon début ! Il s'arma de détermination et s'élança dans leur direction. Peut-être qu'il y avait eu un problème avec les panneaux principaux ? Il se posta à l'entrée du quai 19 et étudia les villes desservies par le prochain train en partance. Ce n'était pas le bon. Alors il répéta l'opération pour chacun, jusqu'à se rendre compte qu'aucun ne correspondait. Plus affolant encore, ils ne desservaient pas de villes aux alentours ! Toute sa région s'était volatilisée.

Je perds la boule. C'est impossible…

Il devait y avoir une explication. Était-il à ce point dans sa bulle qu'il n'aurait pas entendu parler d'un projet de changer les noms de toutes les communes de son canton ? Absurde. Un changement de gare ?

Du jour au lendemain ? Sans barder de notes informatives toute la gare ? Et puis quoi encore ?

Non, tout cela n'avait pas de sens. Il se passait quelque chose.

On lui volait son existence.

Pris de panique, il se mit soudain à alpaguer les voyageurs qui circulaient à toute vitesse, comme des robots programmés pour avancer coûte que coûte.

« Excusez-moi, est-ce que vous savez quel train va à Blairville ? » « Désolé, vous pourriez m'indiquer comment me rendre à Blairville ? » « S'il vous plaît, je cherche Blairville... » « Pardon, je suis perdu, vous... » « Est-ce que... » « Mais... »

Tous se précipitaient, leur destination importait bien plus que cet accroc sur leur parcours. Certains, plus cléments, prirent le temps de ralentir, deux femmes s'arrêtèrent même pour l'écouter, mais personne ne savait comment l'aider.

Le paysage valsait, il commençait à tanguer avec insistance, puis il tourbillonna, Olivier manquait d'air, trop chaud, trop froid, la gorge sèche... Il s'accrocha à une rambarde, et cette fois, saturé par la terreur, il vomit tout ce qu'il put dans la poubelle la plus proche.

Des larmes remplissaient ses yeux.

Que se passait-il dans sa tête ?

Mais était-ce vraiment en lui ? Le monde n'était-il pas en train de lui dérober son existence ? Il vit tous ces passants pressés et les envia de savoir où rentrer et par quel chemin. Lui était coupé de son chez-lui, de sa base.

Il se traîna jusqu'à la sortie la plus proche et avala de longues goulées d'oxygène. L'air lui parut plus pollué que d'habitude, comme s'il laissait une membrane huileuse le long de sa trachée.

Mon Dieu, mais qu'est-ce qui m'arrive ?

Il fallait qu'il rentre à la maison.

Un taxi !

Il se rapprocha du boulevard et leva une main pour se montrer tandis que de l'autre il inspectait son manteau. Plus de portefeuille.

Non, mais c'est un complot !

Il chercha dans chacune de ses poches, au milieu de son bric-à-brac, songeant qu'une des premières choses qu'il ferait une fois de retour dans sa maison serait de ranger ce fichu manteau, mais ne trouva rien. Qu'en avait-il fait ? Oublié au bureau ? C'était bien son genre... L'avait-il même emporté ce matin en quittant le vestibule du pavillon ? Il n'était plus sûr de rien.

Sa femme paierait une fois arrivé. Voilà, c'était ce qu'il allait faire. Pas de problème, rien que des solutions.

Mais il eut beau gesticuler, aucun taxi ne s'arrêtait. Il en vit une dizaine libres lui passer sous le nez sans même ralentir.

Olivier se prit la tête entre les mains.

Était-il transparent ? Un fantôme ? Non, c'était complètement stupide, la fille au guichet et plusieurs usagers de la gare lui avaient parlé. Alors, pourquoi les taxis, eux, l'ignoraient comme s'il n'existait déjà plus ?

Il faut que je me réveille de ce cauchemar...

Olivier errait sur le trottoir, en pleine confusion. Habité par un sentiment terrifiant de ne plus savoir où aller. Il était emporté par les vertiges de l'infini qui l'entourait sans qu'il dispose d'un seul point de chute pour se rassurer. Tel un cosmonaute largué dans l'espace sans plus aucune navette pour s'arrimer, plus aucune accroche pour basculer, s'orienter ou ne serait-ce qu'avancer. Condamné à stagner, à jamais.

Comment expliquer ce qu'il vivait ? Un homme ordinaire qui sort de son bureau comme tous les soirs, qui va pour rentrer chez lui, comme toujours, et qui se retrouve happé par le vide, son identité volatilisée. Qu'avait-il fait ? Qui pouvait lui en vouloir à ce point ? Qui avait les moyens de pareille entreprise ?

Non, ce n'était pas l'œuvre d'un homme, c'était bien trop gros. Une machination ? Là il tombait dans la paranoïa la plus délirante. Alors quoi ?

Olivier repensa alors à tous ces films qui racontaient comment un individu se retrouvait emprisonné dans la même séquence de temps qui se répétait encore et encore, jusqu'à ce qu'il comprenne ce qu'il devait faire pour la réinitialiser et reprendre le cours de son existence. Était-ce plausible *dans la réalité* ?

Non. Il n'était pas dans un film. Pourtant, tout ce qu'il était se délitait petit à petit. Il fallait qu'il s'ancre dans le monde. Par n'importe quel moyen, il devait retrouver une faille avant que ce système anthropophage ne le dévore totalement.

Il fouilla sa poche pour y saisir son téléphone.

Olivier n'était pas doué pour les relations sociales, sa femme le lui avait souvent reproché. À peine une poignée d'amis, pour la plupart datant du lycée et qui s'étaient un peu éloignés au fil des années, des mariages, des enfants et de leur carrière. Mais ils se voyaient de temps en temps pour une partie de cartes ou un barbecue estival. Il n'était véritablement proche d'aucun sauf d'Augustin. Lui le croirait et saurait le guider. Quel était son numéro déjà ?

— Ah, satané truc… il faut que j'apprenne à me servir du répertoire.

Les chiffres lui revenaient. Il avait toujours eu une excellente mémoire des chiffres.

Une voix masculine décrocha :

— Oui ?

— C'est Oliv.

— Oliv ? Oliv comment ?

— Oliv Trefoe ! Écoute, il m'arrive un…

— Vous devez vous tromper de numéro, monsieur.

— Mais Augustin, c'est moi !

— Il n'y a pas d'Augustin ici, je suis désolé.

Et on raccrocha.

Olivier haletait. La tête lui tournait. La voix n'était pas celle d'Augustin, maintenant qu'il réfléchissait. Il devait s'être trompé de numéro. Il se creusa les méninges et recomposa le bon cette fois, en le relisant à deux reprises.

— C'est agaçant à la fin, arrêtez ! s'énerva le même individu.

Olivier enfouit le portable dans son manteau. Il tremblait.

Tout en lui se morcelait.

C'est pas moi le problème. C'est pas moi.

Alors comment l'expliquer ? La théorie du système qui l'avait avalé ? Était-il pris au piège dans un hiatus de la société ? Se pouvait-il qu'il existe des trous dans la réalité comme il pouvait s'en trouver sur la banquise, recouverts d'une fine couche de glace et de neige, imperceptibles, mais dès qu'on pose le pied dessus, *crac* ! La chute. Oui, c'était peut-être ça la réponse. Il avait chuté dans une crevasse du système et s'il ne réagissait pas rapidement pour s'en extirper, celui-ci allait le broyer et le digérer pour que personne ne se rende compte de cette anomalie, surtout qu'elle ne vienne pas encrasser les milliards de rouages qui faisaient tourner le monde.

Tu délires ! Tu perds véritablement la boule !

Pragmatique. Des idées concrètes. Pas des divagations de science-fiction.

Qui est-ce que je connais ici dans la ville ?

C'était bien là le problème. Personne. Au boulot, il se targuait d'être parmi les plus productifs, mais également les plus réservés. Sa discrétion lui coûtait de ne pas vraiment avoir d'ami sur place. Des connaissances, des collègues, rien de plus. Il écoutait les ragots à la photocopieuse, il partageait parfois la table d'un petit groupe de son étage, mais il n'était pas de ceux qu'on invite aux soirées, mis à part celles du CE, mais elles étaient ouvertes à tous.

La révélation sembla lui tomber du ciel.

Mais oui ! À défaut de savoir où ils vivent, j'ai le bureau !

Il y aurait certainement encore quelqu'un sur place pour l'aider.

Olivier se mit en marche, d'un bon pas cette fois. Il lui tardait d'entendre ce qu'un autre que lui pourrait proposer dans pareilles circonstances. Le croirait-on seulement ? Il lui suffirait de le convaincre de descendre dans la rue pour lui montrer comment les taxis ne le voyaient pas ! Ce serait déjà un bon début pour crédibiliser son histoire.

Olivier approchait du bâtiment, une porte cochère comme tant d'autres sur les boulevards. Il poussa la porte, mais réalisa qu'à cette heure elle était verrouillée. Pas grave, il avait le code qu'il tapa sur le clavier dans le mur. Rien. Il recommença. Toujours rien.

Non, non, non, non, non...

Pas encore, pas ici. À quelle vitesse allait cet ogre qui l'engloutissait un peu plus chaque minute ?

Olivier se raccrocha à l'espoir. Il se posta sur le côté et attendit. Là encore il y avait dix explications envisageables, à commencer par le changement de code. Trop focalisé sur ses tâches personnelles, il ne s'intéressait que très peu à ce qui se passait en dehors dans l'entreprise et il avait tout à fait pu passer à côté d'une note les informant de la mise en place d'un nouveau code.

Un adolescent rivé à sa console portable finit par sortir du bâtiment et Olivier s'engouffra dans son sillage avant que la porte ne se referme. Dans le hall il y avait des plaques en laiton avec le nom de toutes les sociétés présentes entre ces murs. Il les parcourut d'un rapide coup d'œil et frissonna.

Où était passée la sienne ?

Il n'en reconnaissait aucune. Affolé, il ralluma la minuterie et inspecta les deux escaliers de chaque côté de la petite cour intérieure. L'architecture était semblable, mais pas la décoration. Tapis de marches neuf. Plantes vertes dans d'immenses pots qu'il n'avait jamais vues.

Cette fois il sombrait.

Dans un élan fou, il se mit à croire qu'une gardienne pourrait le renseigner, mais tout était bouclé. Il était trop tard.

Il ressortit et tituba avant de s'effondrer sur un banc.

Que lui restait-il ? Quelle place y avait-il pour les êtres comme lui, débarqués sans préavis ? Sa vie serait-elle désormais ainsi pour toujours ? Non. Il ne le supporterait pas. Jamais.

Les cieux de ce début de soirée palpitaient d'une lueur jaune. C'était leur couleur en ville, celle du halo éternel de la civilisation et de son linceul de pollution. Plus aucun ciel n'arborait les profondes teintes de la nuit dans les grandes villes, c'était terminé. Les nuances obscures de l'infini diluées par les excès de l'homme. Olivier le scrutait, désemparé. Lui aussi était devenu en l'espace de quelques heures une surface sans perspective. Son horizon gommé par la masse mouvante de l'humanité.

Il lui sembla comprendre quelque chose dans cette évocation.

Était-ce bien ce soir que tout avait débuté ? Il n'en était pas certain… Non, au contraire. La dissolution était un procédé lent et quotidien pour qu'il ne se remarque pas. Plus sournois encore : Olivier réalisa qu'il était probablement lui-même l'artisan de cette exclusion ! Depuis combien de temps refusait-il le système ?

Toujours.

Il n'avait jamais véritablement pris le train du jeu social, de la parade bien-pensante du pion intégré. Il refusait la norme lorsque celle-ci ne faisait pas sens à ses yeux. Il s'était souvent démarqué par son refus de tomber dans les modes quelles qu'elles fussent. Il avait glissé hors de la caste des gens normaux.

Il prenait conscience qu'il n'était pas si anodin qu'il l'avait cru.

Et il en payait le prix maintenant.

Il se redressa en observant le paysage tout autour. Comment pouvait-il revenir dans cette mascarade ? Existait-il un moyen de remonter dans le train lorsqu'on en avait été éjecté à pleine vitesse ?

Son attention fut captée par une camionnette blanche et surtout par les deux hommes à son bord qui le fixaient étrangement.

Ils le désignèrent et ouvrirent les portes.

Blousons noirs, démarche terrienne, l'instinct d'Olivier se mit à tirer sur une sonnette d'alarme. Quelque chose en eux ne lui plaisait pas. Ils ressemblaient un peu à des flics, mais ce n'était pas ça.

Ils accéléraient dans sa direction.

Les anomalies sont broyées et digérées pour que personne ne se rende compte qu'un grain de sable a failli ralentir la vaste mécanique.

Il se leva de son banc.

Les deux hommes lui firent un signe de la main pour qu'il ne bouge pas.

Le cœur d'Olivier battait la chamade, comme autant de puissants coups de gong lui intimant de fuir maintenant et à toute vitesse.

Alors il lui obéit. Il poussa sur ses jambes aussi fort qu'il le put et se précipita dans la ruelle la plus proche. Ses talons claquaient et résonnaient contre les façades rapprochées de ce goulet, et plus il filait plus il entendait les échos de ses pas qui se muaient en applaudissements. Les félicitations et les hourras des bons éléments du système. Ils encourageaient cette fuite, loin d'eux, à l'écart de la norme, Olivier se bannissait de lui-même dans le fracas de ses propres pas.

Il s'engouffra dans un passage encore plus réduit, puis dévala des marches pour déboucher sur une petite place mal éclairée, en sueur, à bout de souffle, à bout d'envie.

Ne valait-il pas mieux se rendre plutôt que de chercher à fuir encore et encore ?

Les hommes en noir finiraient par l'avoir, cette nuit, demain ou le jour d'après, ce n'était qu'une question de temps. Ils agissaient comme les globules blancs d'un organisme qui ne reconnaît plus l'un des leurs, en le traquant, l'encerclant avant de le dissoudre.

La partie était finie, il devait se rendre à l'évidence.

Il était trop tard pour faire machine arrière.

Aucun spectateur ne pouvait croire à nouveau à la magie d'un show une fois qu'il en avait vu toutes les coulisses. Le rêve prenait fin ici pour lui.

Combien d'autres avant lui ? Combien suivraient ?

Il se faisait penser à ce personnage dans *Le Horla* de Maupassant. Il ne voulait pas finir ainsi.

Tandis que l'oxygène affluait à son cerveau, il détailla un peu mieux son nouvel environnement pour se rendre compte qu'il lui disait quelque chose. Cette place, le marronnier au centre, les pavés, les lampadaires et...

La façade illuminée d'un restaurant éveilla un lointain souvenir, comme une bouteille relâchée par les sables au fil du ressac remonte à la surface après des années enfouie.

Il était déjà venu ici, il y a longtemps. Plusieurs fois. Des images se superposaient les unes sur les autres, confuses.

Était-ce un des effets de son exil loin des hommes, la mémoire qui s'embrouille ?

Il se rapprocha des vitres. Des couples riaient, des tablées s'exclamaient, pendant que d'autres discutaient avec tout le sérieux de la création sur les épaules. Tous complices, tous maillons des rouages infaillibles de la société, ils accomplissaient leur rôle avec entrain, conviction, sans qu'aucun ne le remarque.

Olivier réalisa qu'ils le dégoûtaient.

Puis il aperçut l'homme derrière le bar, sa moustache enroulée au miel, provocatrice, à la Dalí. Il le connaissait. Les cheveux moins gris, les poches moins prononcées sous les yeux, et la silhouette plus droite, mais c'était lui, à n'en pas douter.

Le nom revint du tréfonds de son cortex.

Thomas.

Il nettoyait des verres lorsque leurs regards se croisèrent.

La première intention fut mauvaise, sous un froncement de sourcils broussailleux. La seconde, plus lente, ressembla à de la défiance avant de muer en incrédulité. Puis vint l'illumination.

L'homme jura et manqua lâcher son verre avant de se précipiter vers la porte.

— Oliv ?

Il se tenait sur le seuil, une profonde tristesse à présent mêlée à quelque chose qui ressemblait à de la pitié.

Olivier n'en revenait pas. On le voyait. On connaissait son nom. Il n'était plus invisible. Il avait envie de pleurer, de crier de joie, de prendre cet homme dans ses bras et...

Thomas. Il s'appelle Thomas. Et nous nous connaissons.

Mais d'où est-ce qu'il savait tout cela ?

— Il m'arrive quelque chose de terrible, dit-il

enfin. Je suis en train de disparaître. Je ne peux plus rentrer chez moi.

Thomas se renfrogna. Quelque chose n'allait pas. Olivier n'avait pas employé les bons mots, il le comprit. Mais quel était le problème ?

— Tu... Tu veux t'asseoir ? demanda le restaurateur en tirant une chaise de l'intérieur pour la disposer sur le trottoir. Tiens, viens, voilà, là.

Malgré sa large carcasse et son air solide, Thomas se dandinait, mal à l'aise, ne sachant pas comment poursuivre.

— J'ai voulu rentrer chez moi ce soir, commença Olivier, et aucun train ne rentrait à la maison, tu y crois à ça ? Et le numéro de téléphone chez nous, il n'est plus attribué ! Et il y a mon bureau aussi, qui s'est comme... envolé. Je...

Olivier déroulait son récit, vidant son sac tandis que Thomas le scrutait avec attention, davantage porté sur son examen physique que sur l'histoire en elle-même.

— Tu me crois, dis ? Tu me crois ?

— Oliv.

— Ah, et il y a des hommes en noir qui me pourchassent ! Je te jure que c'est vrai !

— Oliv.

— Je sais que tout ça est dingue, mais c'est...

Thomas lui posa le doigt sur la bouche pour le faire taire :

— Chuuuuuuut. Écoute-moi, Oliv. Écoute-moi. Tu... tu te souviens de moi ?

Cette fois la circonspection changea de camp. Olivier se mordit la lèvre, en plein doute.

— Je suis Thomas.

— Oui, Thomas, bien sûr, Thomas.

L'homme à la moustache cherchait ses mots, les sélectionnant avec soin :

— Te souviens-tu de la dernière fois que nous nous sommes vus ? C'était il y a dix ans, Olivier. Dix années. Est-ce que tu sais que tu...

Il se passa la main sur le visage, embarrassé, avant de sortir son téléphone portable de son jeans pour le mettre en mode appareil photo. Il inversa l'objectif afin de se voir en grand à l'image et tendit le miroir digital à Olivier.

Sur l'instant, celui-ci crut qu'il y avait un problème avec ce qui s'affichait sur l'écran. Puis il attrapa le regard et il sut. C'était bien le sien. Mais ces rides taillées à la serpe... Et cette barbe chaotique... Cette tignasse hirsute et tellement crasseuse...

— Nous t'avons cherché longtemps avec les copains. Augustin en tête. Mais tu avais disparu.

Olivier contemplait le reflet sinistre qui le fixait pendant que Thomas poursuivait, lentement, au bord des larmes :

— Plusieurs fois nous avons entendu parler de toi qui traînais sur les boulevards là-haut, mais jamais nous ne t'avons trouvé. Tu es malin quand il s'agit de te planquer.

— Dix ans...

Thomas acquiesça sombrement. Olivier balbutia :

— Pour... Pourquoi ?

Cette fois Thomas ne pouvait plus reculer. Il prit une profonde et douloureuse inspiration :

— Tu ne te souviens pas, hein ?

— Ma maison... ma femme...

Thomas baissa les paupières un court instant, grave de sous-entendus.

— Tu as tout perdu, Olivier. Tout. Ton travail, ta femme puis ta maison. Cela fait longtemps.

— Tout perdu ?

La main lourde de Thomas se posa sur son épaule.

— Tu vis dans la rue depuis tout ce temps.

— Dans la...

Olivier sentait sourdre de loin sous les replis étanchéifiés de son cœur une vague d'émotions menaçantes. Tout s'embrouillait et se défaisait sous son crâne.

— Cette histoire de train, de bureau, tout ça c'est toi, Olivier, c'est toi qui as quitté notre monde petit à petit. À force de te replier sur toi, mais c'est dans ta tête tout ça, tu comprends ? C'est ta personnalité qui se fragmente en vivant à la marge.

Soudain Olivier vit les deux hommes en noir surgir de l'autre côté de la petite place et il se cramponna à sa chaise. Thomas leur fit « non » de la main et les deux volontaires du Samu social s'éloignèrent.

Olivier fouillait du regard les alentours, comme s'il allait trouver une échappatoire à toute cette angoisse qui remontait et qui risquait de le noyer.

— À l'époque tu t'es enfui, tu as simplement... disparu. Mais je suis content de te revoir.

Olivier avait du mal à respirer. Thomas lui attrapa le visage entre les mains pour l'obliger à se confronter pupilles contre pupilles.

— Tu n'es plus tout seul, tu n'es plus obligé de fuir, je suis là.

Thomas le lui répéta plusieurs fois, jusqu'à ce que ses mots se transforment en une litanie apaisante. Alors le grand moustachu le relâcha, mais resta accroupi à son niveau.

— Je sais que tu souffres, mais à présent tu as retrouvé quelqu'un pour te soutenir. Je suis là pour toi, mon ami.

Le mot flotta entre les deux hommes pendant un long instant avant qu'Olivier ne finisse par hocher la tête.

Il lui attrapa la main.

— Mon ami.

Adélaïde
de CLERMONT-TONNERRE

Mon cher cauchemar

Il faisait un froid sec et une journée magnifique. Le vent était si fort que Irina avait le plus grand mal à progresser dans les allées du cimetière Montparnasse. Matthieu, son secrétaire, l'accompagnait. Il la voyait peiner sans oser la toucher. Ils étaient déjà arrivés en retard à la cérémonie. Irina avait hésité jusqu'au dernier moment. Dans l'église, elle s'était assise au dernier rang. Personne ne l'avait vue et, chose peu habituelle, elle n'avait pas souhaité l'être. Elle avait écouté, recueillie, les chants grégoriens, puis avait détourné son attention d'un prêche convenu pour lever les yeux. La lumière qui filtrait des vitraux suggérait à la perfection la présence de Dieu. Elle s'était adressée intérieurement à Lui, comme elle le faisait parfois ces derniers temps, avec une distance ironique et l'espoir secret qu'Il lui répondrait.

Découvrir la mort de Jean-Marc dans *Le Figaro* lui avait causé un choc profond, comme si sa personne s'était fêlée de haut en bas. Désormais, elle se sentait seule au monde. Même si elle ne l'avait pas vu depuis vingt ans, le savoir là, quelque part dans Paris, l'avait aidée à vivre. Il avait incarné cette pensée rassurante que, si un jour elle était vraiment en difficulté, il saurait mettre leurs différends de côté pour lui venir en aide... Le prêtre avait conclu sa tirade émaillée de références bibliques approximatives d'un : « Seigneur, accueille Jean-Marc d'Apremont auprès de toi et apaise la peine de ceux qu'il laisse derrière lui », suivie d'une énumération de proches dont elle ne faisait pas partie.

Toute la cérémonie sonnait faux. Cela ne ressemblait tellement pas à Jean-Marc ! À l'époque où elle partageait sa vie, c'était un vrai bouffeur de curés.

— Ne compte pas sur moi pour faire de toi une honnête femme, je suis allergique aux églises, lui avait-il dit dès leur troisième rendez-vous.

— Je n'ai aucune attirance pour l'honnêteté, avait-elle rétorqué.

Ils en riaient à l'époque. Elle avait toujours refusé de se marier. Elle aurait eu le sentiment d'être prisonnière, de troquer la passion pour les pantoufles, la création pour l'intendance. Elle avait pourtant passé une semaine entière à pleurer le jour où elle avait appris que Jean-Marc allait épouser Catherine. Une peine inconsolable qu'aujourd'hui encore elle ne s'expliquait pas.

Jean-Marc l'avait quittée trente ans auparavant – c'est toi qui m'as quitté aurait-il précisé –, pouvait-elle encore se targuer de le connaître ? Irina en doutait à présent. Elle-même n'était qu'une somme d'actions et d'élans pas toujours réfléchis, auquel s'ajoutait désormais tout un feuilletage de regrets. Jean-Marc n'avait sans doute plus rien de l'homme qu'elle avait passionnément aimé et consciencieusement maltraité. La maladie avait dû le changer, peut-être même le ramener à son éducation catholique. Nous sommes nombreux à nous croire affranchis de ce qui, précisément, nous détermine. La perspective de la fin avait pu lui redonner l'envie de Dieu. À moins que ce ne soit l'influence de Catherine...

Irina chancela. Matthieu lui prit le bras. Elle se laissa faire. Elle avait perdu beaucoup de poids et il lui semblait que ces satanées bourrasques pourraient effectivement la renverser. Elle aperçut enfin la foule. Il y avait du monde. Elle reconnut des salariés de l'entreprise, des membres de la famille, et des amis oubliés, tous profondément vieillis. Elle se demanda si elle offrait le même spectacle. Celui d'une femme qui avait été belle. Probablement oui. Depuis des années, elle observait cette lente déréliction qui lui donnait malgré tout le charme de la langueur, le romantisme du renoncement. Au centre, spectrale, Catherine flanquée de ses deux grands fils. Irina fut violemment émue de les voir. Même s'ils ressemblaient à leur mère, ils avaient tous deux la carrure et la force de Jean-Marc, une indiscutable parenté virile. La douleur, sa vieille ennemie, lui mordit le cœur. Elle resserra son manteau autour d'elle et s'arrêta un peu à l'écart. Catherine portait une longue cape noire et des perles. L'uniforme de circonstance. La personnalité gommée. N'avait-elle donc rien appris ? La veuve de Jean-Marc leva les yeux et croisa le regard d'Irina. Toute une météo de sentiments défila dans ses yeux, puis elle se pencha vers son fils aîné et lui murmura quelque chose à l'oreille. À son tour, il se tourna vers Irina. Elle vit leur hésitation et se demanda s'ils auraient le culot de la chasser. Elle resta droite et digne tandis que le jeune homme s'approchait d'elle. Il s'inclina sans la toucher. Irina se raidit. Il murmura :

— Madame, maman demande si vous voulez bien venir à nos côtés...

Irina sentit ses yeux s'embuer. Il lui fallut quelques secondes pour répondre. Muette, elle hocha la tête, et le jeune homme prit naturellement son bras libre pour l'aider, avec Matthieu, à marcher dans les graviers.

Arrivée à la hauteur de Catherine, elle ne sut comment se comporter. Il y avait toujours entre elles cette réserve, cette extrême pudeur que, même petites filles ou adolescentes, à cet âge où les êtres humains vivent pourtant en essaims, elles n'avaient su briser. Catherine s'écarta de son deuxième fils pour lui faire une place. Irina se retrouva face au cercueil et à la fosse, centre de l'attention de tous, telle la deuxième veuve qu'elle était. Elle sursauta en sentant la main froide de Catherine prendre la sienne et la serrer. Têtes baissées toutes deux, elles n'osèrent se regarder. La mise en terre fut très pénible. Pour Irina, qui ne l'avait pas vu malade, c'était le corps jeune et vigoureux de Jean-Marc, sa peau, sa puissance, sa flamboyance qu'elle voyait définitivement ensevelis. Pour Catherine, c'était son corps vieilli et familier. Quelques jours plus tôt, elle pouvait encore l'étreindre et le soigner, elle en vérifiait le souffle, le parfum, la chaleur... Lorsque les premières pelletées de terre heurtèrent le bois du cercueil, le plus jeune fils de Catherine s'effondra. Irina glissa instinctivement son bras autour de lui. Elle le serra sur son flanc, petite silhouette d'allumettes contre cette grande carcasse à qui elle transmit pourtant ce qui lui restait de sa force vitale, et cette force était grande. Ils restèrent ainsi collés les uns aux autres, comme s'ils s'étaient toujours connus et aimés, gommant, le temps d'une brève éternité, des années de rage et de rancœurs. Lorsqu'ils se séparèrent, ils ressentirent cette gêne que l'on éprouve à briser une intimité et un élan. Catherine et Irina se firent face. L'une d'entre elles articula, sans qu'aucune des deux puisse avec certitude dire laquelle :

— Voyons-nous.

L'autre répondit :

— Oui, voyons-nous vite.

*
* *

Elles ne se retrouvèrent que six semaines plus tard, un mardi après-midi. Elles avaient choisi un terrain neutre, le bar du Park Hyatt Madeleine. Il était peu fréquenté à cette heure. Elles savaient qu'elles y seraient tranquilles. Catherine, toujours ponctuelle, arriva la première. Irina avec une dizaine de minutes de retard. Elle portait un blouson en plumes claires qui donnait du volume à sa maigreur et un long pantalon beige. Sur son col roulé blanc, cinq ou six sautoirs fantaisie scintillaient. C'est joli, mais plus vraiment de son âge, se dit Catherine… Elle fit un signe de loin à celle qui avait été sa plus chère amie avant de devenir son cauchemar, et laissa Irina répondre aux amabilités du directeur de l'établissement venu l'accueillir en personne. La comédienne accepta de faire une photo avec un jeune couple de clients, puis alla s'asseoir. Elles n'osèrent pas s'embrasser, encore troublées par les gestes qu'elles avaient eu l'une pour l'autre à l'enterrement de Jean-Marc. Irina retira ses lunettes noires :

— Comment te sens-tu ?

— Assez sonnée. Je n'ai pas encore trié ses affaires, avoua Catherine.

Irina fut désarçonnée que Catherine entre directement dans le vif du sujet. Elle songea, avec un pincement au cœur, qu'il ne lui restait rien de Jean-Marc, même pas ses lettres. Dans un accès de fureur et d'ivresse, elle les avait, des années plus tôt, toutes jetées au vide-ordures. Elle avait essayé, le lendemain, de les récupérer, mais les éboueurs étaient déjà passés. Elle avait alors tenté de les retranscrire de mémoire. C'était même en s'y essayant que l'idée d'écrire son autobiographie avait germé. Sa parution avait causé les ravages que l'on sait… Et connut un succès qui lui avait non seulement permis de relancer sa carrière d'actrice, mais d'acheter son appartement. Catherine commanda un thé à la bergamote avec du lait – froid, précisa-t-elle. Irina une coupe de champagne.

Elles étaient venues avec les meilleures intentions, mais très vite, un mot après l'autre, l'illusion de leur sérénité se fissura, tandis que remuaient en elles, grondantes, de plus en plus mal contenues, les rancunes ravivées par le deuil. Elles n'auraient su dire ce qui provoqua l'explication qu'elles avaient voulu éviter.

Deuxième thé.
Deuxième coupe de champagne.

— Le dénuement ! Tu en as de bonnes ! C'est tout le contraire, il a essayé de t'aider..., s'indigna Catherine.

— Je n'avais pas de quoi payer mon loyer.

— Tu avais refusé l'argent qu'il te proposait en faisant une scène ridicule chez Taillevent. Tout Paris s'en est gaussé pendant des semaines !

Irina piqua du nez. Elle avait oublié cet épisode. La colère réinvente trop souvent les histoires pour mieux s'alimenter, rayant du scénario les gestes et les paroles d'apaisement.

— C'était humiliant, ce chèque, protesta Irina.

— Humiliant... répéta Catherine en levant les yeux au ciel. Sauf que Jean-Marc a trouvé le moyen de t'aider sans blesser ton amour-propre hypertrophié. Tu te souviens de *À ta santé !* ?

— J'avais le rôle principal, c'est difficile à oublier.

— C'est Jean-Marc qui l'a produit.

— Tu délires ma vieille ! C'était André Vorel pour Salicorne Productions...

— Salicorne Productions allait mettre la clé sous la porte. Jean-Marc a apporté le projet, le financement et l'actrice principale... toi ! Il t'a imposée.

— Et tu n'as rien dit ?

— Je n'avais pas vraiment le choix, figure-toi...

Troisième thé.
Troisième coupe de champagne.

Catherine :

— Tu m'en as voulu alors que tu ne l'aimais plus. Tu le trompais depuis des mois...

— Je m'étais confiée à toi, ma meilleure amie. J'étais perdue, j'avais besoin de ton aide et tu as profité de ma faiblesse. Comment oses-tu, aujourd'hui encore, utiliser cette histoire ? Tu ne savais rien de ce qui se passait entre Jean-Marc et moi. Tu m'as jugée avec tes principes petits-bourgeois et tes leçons de morale alors que tu ne cherchais qu'à nous séparer. Tu tissais ta toile. Ta vilaine toile d'araignée...

— Ce n'est pas du tout la manière dont les choses se sont passées.

— Eh bien raconte-moi ! Raconte-moi comment tu arrives à te regarder dans une glace après ce que tu m'as fait ? Vas-y, déballe-moi les vilains arrangements que tu as traficotés avec ta conscience.

— Il est venu me voir pour me demander conseil. Il était malheureux.

— En fait c'était un acte de générosité de ta part ! Magnifique ! Quel art du retournement ! ironisa Irina.

— Il savait que tu avais un amant...

— Et tu lui as tout déballé.

— Non... C'est plus compliqué.

— Compliqué comment ?

— Il m'a dit que tu ne voulais pas d'enfants. Alors que j'en rêvais... Tu étais tellement concentrée sur ta carrière, ton bon plaisir. En l'écoutant, je t'ai trouvée égoïste.

Irina accusa le coup. Elle s'apprêta à rétorquer avec violence mais l'énergie, soudain, lui manqua.

— Il t'a dit que je ne voulais pas d'enfant ?

— Oui. Tu me l'avais dit aussi, quand je t'en parlais. À de nombreuses reprises...

— Non, Catherine. Tu n'as rien compris. Ce n'est pas que je n'en *voulais* pas, je ne *pouvais* pas en avoir. C'est très différent.

Ce fut au tour de Catherine de perdre pied.

— Jean-Marc le savait ?

— Bien sûr qu'il le savait. Dès le soir où j'ai reçu le diagnostic j'ai compris qu'à plus ou moins brève échéance, c'en était fait de nous. C'était sa limite, la chose qu'il ne pourrait pas dépasser. Jean-Marc d'Apremont brisant la lignée de ses ancêtres, cette dynastie millénaire dont il était si fier ? Impossible. Son excentricité, sa générosité, sa folie douce, tout lui venait de la certitude d'être différent, non pas supérieur, mais profondément autre. Ne pas avoir d'enfants, c'était tuer ses parents une deuxième fois et tuer tous ceux qui les avaient précédés.

— Alors tu l'as trompé...

— ... Pour le retenir. Le garder le plus long-temps possible. Je n'avais dans mon jeu que la carte de la passion et c'était une partie perdue d'avance.

Première coupe de champagne.
Première vodka.

— J'ai été sa poulinière, murmura Catherine, le visage contracté.

— Tu as été sa femme et la mère de ses fils. Tu l'as rendu heureux.

— Il ne s'est jamais remis de toi. Ton fantôme a plané vingt ans sur nous. Si tu savais à quel point je t'ai haïe pour cela. Je t'ai haïe d'être tout ce que je n'avais pas été.

— Je t'ai haïe pour les mêmes raisons.

— Tu as fait une carrière fabuleuse. Tu as la gloire, la liberté, les hommages. Que pouvais-tu m'envier ?

— Lui. Votre quotidien. Tous ces Noëls en famille où j'ai crevé de solitude. Les cadeaux sous le sapin. Les vacances d'été dans le Sud… Moi, je n'ai fait que travailler, résuma Irina, caressant ses chagrins.

— Si tu savais comme il m'a échappé… Il s'enfermait dans son bureau. Il filait pour un oui pour un non. Il y avait toujours un copain à dîner pour ne pas avoir à me parler.

— Tu t'es endormie et réveillée à ses côtés tous les matins, moi je n'ai eu que le froid ou l'indifférence dans mon lit.

— Qu'est-ce qui t'a empêchée de le reprendre ?

— Oh, j'ai essayé… Tu ne l'as pas su mais j'ai essayé de toutes mes forces. Il ne t'aurait jamais quittée. Il aimait ses fils.

Irina hésita et prit visiblement sur elle pour parvenir à ajouter :

— Il t'aimait aussi. Tu lui as permis d'avoir chaud tout en restant libre. Tu as accepté d'être cette femme que nous ne voulons plus être.

— J'ai vécu toutes ces années dans la peur. Je me disais qu'il te suffirait de claquer des doigts pour qu'il nous abandonne.

— C'était un père dans l'âme. Il ne se serait jamais occupé de moi comme il l'a fait s'il n'avait pas eu cette fibre-là. J'ai été sa fille, sa poupée, sa création. Puis il a voulu des enfants de chair et d'os.

Deux vodkas cerise.

— Je suis si seule. Toi, tu as tes fils…, soupira la comédienne.

— Des millions de gens t'aiment, Irina.

— Pas un d'entre eux ne sait qui je suis. Je ne suis qu'une surface, une toile blanche sur laquelle ils projettent la peinture de leurs désirs inassouvis, de leurs manques, de leurs fantasmes. Ils m'aiment parce que je suis loin. Proche en apparence, inatteignable en réalité. Dès qu'ils me rencontrent, je commence à perdre du crédit. Tic tac, mon éclat se ternit. Je suis moins belle, plus petite, plus vieille, moins sympathique que dans leurs rêves ou leurs souvenirs. Bien sûr, s'il ne s'agit que d'une minute, d'un regard ou d'un sourire, le verre de leurs illusions ne se brise pas. Au-delà d'une heure je n'ai aucune chance. C'est pénible de voir la fièvre de leur affection s'éteindre dans leurs yeux. Elle laisse place à une réserve polie, une sorte de gêne quand ils ne me disent pas clairement leur déception. Je suis seule, Catherine, plus seule que tu ne le seras jamais.

— J'ai appris la mort de ta mère. Cela m'a fait de la peine. Je l'aimais beaucoup.

— J'ai eu de la chance de l'avoir aussi longtemps…

— Tu te souviens quand elle nous avait fait ces extraordinaires costumes de feuillages pour la fête de l'école ?

— Oui, on était mignonnes toutes les deux, avec nos colliers de châtaignes et nos couronnes de géraniums.

— J'ai encore la photo... Je l'ai retrouvée, il y a quelques années.

— Et tu l'as gardée ?

— Il faut croire que, malgré tout, tu me manquais, avoua Catherine, que l'alcool avait toujours rendue sentimentale.

— C'est vrai qu'avant tout cela, on a bien rigolé.

— Mon frère parle encore de Saint-Malo, sourit Catherine.

— Quand je l'ai planté tout nu sur la plage ?

— Oui ! Tu ne supportais pas qu'il te fasse des avances...

— C'était surtout pour te venger. Il t'avait interdit de sortir avec un de ses amis ! Comment s'appelait-il déjà ?

— Ernest...

— Ernest, exactement, répéta la comédienne. Quel balourd ton frère !... Il était insupportable avec toi. Que fait-il maintenant ?

— Il travaille toujours pour Chronopost. Il gagne bien sa vie.

Deuxième vodka cerise. Premier café.

— Il faut que je me décide pour l'entreprise. Je ne sais pas par où commencer. Jean-Marc s'occupait de tout..., soupira Catherine.

— Tes fils vont t'aider.

— Le grand, oui. Il a fait HEC... Mais j'ai des

scrupules à lui mettre cette charge sur le dos. Il voulait passer quelques années aux États-Unis...

— Il hérite un peu tôt, mais il hérite quand même. Beaucoup de gens aimeraient avoir ce genre de problème. C'est une belle opportunité pour un jeune homme, la rassura Irina.

— C'est dur, tu sais. Même Jean-Marc en avait marre. Pourtant c'était son œuvre.

— Vous pourrez toujours revendre...

— Le petit m'inquiète.

— Il m'a fait de la peine au cimetière...

— Il est très sensible. C'est un artiste, lança Catherine sur un ton qui éveilla l'attention d'Irina.

— Il a une petite amie ? demanda prudemment la comédienne.

— Un ami, répondit Catherine. Charmant garçon, embraya-t-elle un peu vite.

Irina fut agréablement surprise de découvrir sa vieille ennemie moins sectaire qu'elle n'avait pu l'être. L'existence l'avait attendrie.

— Ils ont écrit ensemble un scénario d'ailleurs... reprit Catherine.

— Dis lui de me l'envoyer, anticipa Irina. Je l'aiderai avec plaisir.

— Il était très proche de son père. Antoine aussi, mais il est plus âgé. Et plus pudique.

— Dis à Aurélien et à son ami de venir me voir, je m'occuperai d'eux, répéta Irina.

Un silence se posa entre elles. Un silence plein, alourdi d'alcool, mais lavé de toute animosité.

— Tu es la personne sur cette terre avec qui j'ai le plus de souvenirs, remarqua pensivement Catherine.

— Nous sommes la mémoire l'une de l'autre à présent, répondit Irina.

Catherine se pencha pour fouiller dans son sac. Elle en sortit deux très grosses enveloppes en papier kraft qu'elle déposa précautionneusement sur la table.

— Je n'ai pas vidé ses placards, mais en rangeant son bureau, j'ai trouvé ceci. C'est pour toi.

Irina prit les enveloppes. Elle les retourna et les palpa un moment avant de se décider. Elle demanda au serveur un couteau pour les ouvrir proprement. Le jeune homme lui en apporta un sur une assiette. Son cœur se mit à battre plus fort. Elle coupa sans difficulté le papier renforcé de fils blancs.

À l'intérieur, elle trouva des lettres. Elle reconnut l'écriture ferme et ample de Jean-Marc. Il y en avait des dizaines. Elles étaient datées. Des années d'une correspondance à sens unique qu'il avait voulu entretenir avec elle. Irina sentit les larmes monter. Elle s'empressa de mettre ses lunettes noires. Derrière ce filtre, tous les possibles qui n'avaient pas été défilèrent dans ses yeux. Les petits déjeuners au lit qu'ils n'avaient pas pris ensemble, les voyages, les soirées d'avant-premières, les lectures au coin du feu, les balades en forêt, les siestes sur un rocher ensoleillé, les croisières en Méditerranée, les enfants qu'ils auraient dû avoir, la grande maison claire perdue à la campagne, les nappes déployées à l'ombre des tilleuls, les chiens et la roseraie, les amis, les enfants des amis, les pièces rapportées, les nuits d'été, les engueulades et les chansons, ce tourbillon qu'aurait pu être leur vie. En quelques secondes, le précipité d'un amour, leur amour, à sa manière inextinguible. Ce fut à cet instant que le deuil commença pour Irina. Elle avait toujours cru, au fond, qu'ils se retrouveraient.

— Pourquoi me les donnes-tu ? s'enquit-elle d'une voix enrouée.

— Pour te dire que je ne t'en veux plus, et parce que j'espère que tu m'as pardonnée. Il y avait, entre vous, quelque chose de fort et de précieux. Je ne pense pas l'avoir brisé, ni même atteint. Longtemps, c'est vrai, j'ai voulu trancher ce lien, maintenant je me rends compte que pas grand-chose de beau n'aurait pu advenir dans ma vie sans toi et sans lui.

Catherine régla l'addition. Irina dont le chauffeur attendait devant l'hôtel la raccompagna chez elle. En la déposant, la comédienne regarda avec une curiosité désormais apaisée la rue, la porte cochère bleue. Serrant les enveloppes contre son cœur, elle imagina le quotidien de Jean-Marc et Catherine qui, sur le trottoir, agita gentiment la main pour lui dire au revoir. Elles ne se revirent pas.

Quelques mois plus tard, Catherine, en allumant la radio un matin, apprit la mort d'Irina Volkonski des suites d'une longue maladie, comme disent pudiquement les journalistes. Elle reçut quelques jours plus tard une carte. Quelques mots écrits d'une main tremblée :

« Merci Catherine. Tu as follement adouci
les derniers mois d'une condamnée.
Je t'embrasse très tendrement.
Ton amie,
Irina. »

François d'EPENOUX

Œil pour œil

Nous avons tous un fauve en nous et nous nous obstinons à le nourrir de croquettes quand chaque jour il lui faudrait sa ration de sang. Dans cette salle d'attente, je vais d'un mur à l'autre. En songeant qu'en réalité, toute ma vie durant, je n'aurais fait que ça : attendre. Dans la poche de ma veste, c'est là et c'est lourd.

Je ne feuillette pas les magazines de nautisme empilés sur la table basse – la passion de Frédéric, je le reconnais bien là – ni ne contemple les aquarelles accrochées au mur. Non. J'attends, en comptant les minutes, en arpentant la pièce, chacun de mes pas faisant ployer légèrement le parquet sous la moquette. Celle-ci, d'un rouge profond, a l'exacte couleur d'un rideau de théâtre. La chaleur de cette fin juillet est telle que je m'évente de temps à autre à l'aide d'un prospectus médical, comme on le fait avec son programme quand le spectacle tarde à commencer.

Humour des circonstances, j'en suis là de mes songes quand trois petits coups se font entendre.

— Monsieur Millot ?

L'assistante d'accueil se tient devant moi. Elle a quitté le poste de travail qui lui est alloué : une banque hôtesse en arc de cercle occupant l'entrée de l'appartement. Elle toussote pour se donner de l'assurance et atténuer sa culpabilité.

— Je suis navrée, j'ai un train, je vais devoir y aller.

— Bien sûr, je vous en prie.

Derrière elle, c'est aussi bien rangé qu'un pupitre de premier de classe. On sent que la chaise à roulettes a été poussée avec application, bien au centre. La corbeille dûment vidée. Les fiches triées. Les Post-it alignés. Tout est en ordre pour les vacances. Elle se justifie encore.

— Vous êtes le dernier patient de la journée. Et même de la saison.

Je tente une plaisanterie :

— Aucun problème. Comme vous le voyez, le patient patiente.

Elle sourit mais très vite, son strict professionnalisme reprend ses droits.

— Vous avez eu de la chance… trois minutes avant votre appel d'hier, il y a eu un désistement.

— Ah bon ?

— Sans ça il aurait fallu attendre la rentrée.

— Oh ! là là.

— Comme vous dites. Un certain M. Sautet… ça m'a frappée, à cause du…

— Cinéaste ?

— Oui. J'aime beaucoup ses films. Je les ai tous vus.

— Moi aussi.

Voilà qui nous fait un point commun, mais la

petite femme trépigne d'impatience. Elle se balance d'un pied sur l'autre en triturant sa montre. On sent que la valise est prête, bouclée, mille fois vérifiée, avec la bouteille d'eau dans le sac à main et une pomme bien frottée en cas de creux. J'ai pitié, mais ne peux m'empêcher de la maintenir sur le gril.

— Et où allez-vous ?

— Pornic.

Je savoure. Ce mot aux consonances obscènes – porc, nique, porno, Pornic – jure tellement avec la mise de celle qui me fait face ! Chemisier blanc, pantalon de toile marine, mocassins plats. Je la libère.

— Bonnes vacances, alors.

— Merci, vous aussi… Rassurez-vous, le docteur va arriver, il est au courant, il fermera.

— Très bien. N'allez pas rater votre train.

Elle consulte sa montre, surjoue l'affolement.

— Vous avez raison. Je file !

Enfin un sourire de connivence. Empressée, elle ramasse son sac, son gilet beige léger et le ticket de métro qu'elle a mis de côté. Me salue à la dérobée, comme si j'étais complice d'une fugue. Et claque la porte sans bruit, car il ne s'agit tout de même pas de rappeler à son patron qu'elle part dix minutes avant l'heure.

Je reste dans un silence de mort. Et pour cause : tout, dans ce genre d'immeuble, préfigure ce que sera notre dernière demeure. Scellés par des portes vernies alourdies de poignées en laiton, les intérieurs tendus de capiton s'y étagent par niveaux dans le silence sépulcral de la pierre de taille ; à l'avance gravées dans le marbre, les existences y dorment comme pour relier d'un trait l'année de la naissance à celle du décès ; même les bruits de la vie – leçons de piano, rires de baptêmes, rares cris orgasmiques – ne traversent les planchers qu'amortis par la poussière, tandis que ceux de la ville – rumeurs automobiles, gazouillis d'oiseaux, sirènes d'ambulances – semblent se décourager à venir s'y dissoudre dans un ennui mortel. Il n'est pas jusqu'aux panonceaux de marbre noir annonçant sur la rue la présence de tel notaire ou médecin qui n'évoquent pompeusement des plaques mortuaires.

Pour l'heure, une porte s'ouvre dans la pièce d'à côté, libérant des voix d'hommes aussitôt amplifiées. Frédéric raccompagne celui qui sera donc son avant-dernier patient avant les congés d'été.

— Revoyons-nous en septembre.

— Très bien, merci.

— Bonnes vacances, alors.

— À vous aussi, à bientôt, au revoir docteur.

La porte d'entrée se referme, les pas lourds se rapprochent de la salle d'attente. Mon cœur bat au diapason. Frédéric apparaît dans l'encadrement de la porte, me voit, sursaute, s'arrête net, comme s'il avait heurté un mur.

— Paul ?

— Lui-même.

— Qu'est-ce que tu fais là ? Je m'attendais à un certain…

— M. Millot. Je sais. Lequel a lui-même remplacé un certain M. Sautet, qui s'est désisté hier. Mais qui n'a, bien entendu, jamais existé.

Frédéric fronce les sourcils, se gratte derrière l'oreille, signe chez lui d'une insondable perplexité. Depuis le temps que je le connais.

— Et alors ?

— Alors je voulais être sûr d'être ton dernier rendez-vous de la semaine. Et être sûr que tu me recevrais. D'où le faux désistement de M. Sautet. D'où le faux nom, Millot. Donc, me voilà. Ça fait un bail, hein ? Quatre ans.

Frédéric accuse le coup, tel qu'en lui-même, tel que j'aurais parié le voir vêtu : pantalon de velours bronze avec revers, chemise en coton épais à petits carreaux, très *retour de chasse* et, aux pieds, des Paraboot à lacets, alors que sur Paris tombe un feu caniculaire. Pas une goutte de sueur ne perle à son front, ni ne mouille ses cheveux ondulés, dénués de grains de sel, coiffés en arrière, à peine clairsemés en un timide début de calvitie. Il me toise puis, de cette voix de fausset reconnaissable entre mille, de ce filet aigu que dément son physique – carrure imposante, menton carré, nez cassé de rugbyman –, me lance simplement :

— Bon. Je ne sais pas ce que tu veux, mais allons dans mon bureau.

S'il savait.

Je le suis jusqu'à son repère. Il me cède le passage, ferme la porte derrière moi – un réflexe, car à quoi bon, l'appartement est déserté, à l'image de l'immeuble. Seule la chaleur d'étuve occupe les lieux, s'étale comme une grosse femme en sueur. Frédéric est déjà assis devant son ordinateur, pianotant sur son clavier pour se donner une contenance, sans doute à la recherche de mon historique.

— Qu'est-ce qui t'amène ? lance-t-il enfin, la voix mal assurée.

— Tu ne devines pas ?

— Toujours cette histoire de laser pour ta myopie ?

— Gagné.

— On en a déjà parlé...

— Pas assez.

— Allons bon, soupire-t-il. Je croyais qu'on s'était tout dit. Tu as la rancune tenace, dis-moi. Quatre ans de tronche... tiens, assieds-toi là, on va regarder ça.

Je prends place derrière la station ophtalmique. J'en connais si bien les éléments qui la composent – l'espèce de paire de jumelles dont elle est surmontée, l'appui sur lequel poser son menton – que d'emblée, je prends l'initiative de régler mon fauteuil à la bonne hauteur. Pendant ce temps-là, Frédéric continue de consulter son écran, sa main droite, en suspens au-dessus de la souris, cédant de temps à autre à l'impulsion d'un « clic » nerveux.

— Je t'ai opéré par lasik le 10 mai 2011, c'est bien ça ?

— Oui.

— Depuis, nous nous sommes vus trois fois. Tu disais souffrir de douleurs à l'œil droit. Je lis sur ta fiche : « impression de tension oculaire ».

Il se lève, vient s'asseoir en face de moi, de l'autre côté de la machine. Dans ses gestes, son attitude, je vois bien qu'il veut être le professionnel avant d'être l'ami. Enfin, l'ami... l'ami d'avant.

— Et alors ? Y a du nouveau ? demande-t-il.

— En fait... non.

— Pose ton menton. Regarde devant. Oui ?

— Je...

— Attends.

Je le vois fermer un œil avec gourmandise, comme

s'il venait de glisser un euro dans une longue-vue pour admirer Paris du haut de la butte Montmartre. Le voilà lui aussi les yeux vissés à ses œillères. J'en fais autant, le cou tendu, à la façon d'un condamné qui glisse sa tête dans le trou de la guillotine.

— Par exemple, là, maintenant, ça me fait mal, dis-je.

— Pourtant tout a l'air d'aller bien, tranche-t-il sans autre forme de procès.

Puis il poursuit :

— Voyons la tension… ouvre grand… il va y avoir un petit souffle.

Inutile prévention. Ce double petit souffle – un jet dans chaque œil –, pareil à celui d'un pistolet d'enfant à air comprimé, je le connais par cœur. De même que je reconnais le moindre détail de l'image qu'il soumet à mon regard, comme à chacune de mes visites : une montgolfière orange posée à l'extrémité d'une route rectiligne. Faisant tourner de mystérieuses mollettes, Frédéric croit néanmoins utile de me préciser :

— Fixe bien l'image devant toi.

Que faire d'autre, à vrai dire ? Je fixe ce foutu ballon qui ne s'envole jamais.

— Je ne vois rien d'anormal, annonce-t-il de l'autre côté de ses jumelles.

Il a dit ça plus fort et son haleine m'est arrivée dans les narines. Déjeuner thaï, sans aucun doute. Il y a de l'ail. Ce n'est pas le moment de lâcher.

— Rien d'anormal, tu dis ?

Il se retire de son poste d'observation.

— Non. La cicatrice est propre, la cornée est bien. Un peu de sécheresse, à peine.

— Ah.

Il s'imagine que je vais reculer la tête mais je ne bouge pas. Il y a dans mon immobilité silencieuse comme une attente déçue, étonnée. Yves Montand dans *L'Aveu*, avec ses lunettes d'alpiniste, la corde au cou, appréhendant la suite sans que rien se passe. Frédéric ressent la gêne, se racle la gorge. Avant de demander, un rien bravache, les yeux à nouveau plantés dans les miens.

— Pourquoi... il faudrait que je voie quelque chose ?

— Dans mes yeux ? Oui, plutôt.

— Et pourtant, comme je te l'avais déjà dit les dernières fois, je ne distingue rien de spécial.

Ça approche. Mes tempes palpitent, mon cœur explose. Je me lance :

— C'est étrange, j'aurais juré qu'elle donnait à mes yeux un éclat particulier...

— Elle ? Mais qui ça, enfin ?

— Vraiment, tu ne devines pas ?

— Mais non !

— La haine.

Frédéric n'a pas le temps de réagir que je me dresse d'un coup, arme braquée sur lui. Il me regarde, regarde l'arme, me regarde encore, tétanisé, recroquevillé, sur sa chaise. Lentement, je reprends :

— La haine. C'est ça que tu devrais voir dans mes yeux, si tu étais un ophtalmo digne de ce nom. Mais tu ne vois rien. Désespérément rien.

— Mais t'es taré ? Qu'est-ce qui te prend ? C'est bien toi, Paul ? Arrête ça. Arrête tes conneries. Avant d'être un ophtalmo, je suis ton ami. Paul, on se connaît depuis quarante ans, merde !

— Ami, mon cul. Il n'y a plus d'ami. Depuis longtemps. Après l'opération, après cette boucherie, je suis venu te voir. Une fois, deux fois, trois fois. Tu m'as traité pire qu'un patient lambda. Toujours pressé, le nez sur ta montre. Après tout, j'étais un « ami », comme tu dis ! Avec un ami on ne fait pas de manières, un ami ça ne se plaint pas, un ami ça ne fait pas de vagues. C'est pratique, un ami. Ça paye, et ça ferme sa gueule.

— Je t'ai fait un prix…

— Un prix d'ami, c'est ça ? Et alors, quoi ? Du coup ça t'exonère de toute responsabilité ? Pauvre con ! Tous les milliards du monde ne compenseraient pas le mal que tu m'as fait. Une vie, ça n'a pas de prix. Or tu as foutu ma vie en l'air, y a pas d'autre mot. Pour moi, plus rien ne sera comme avant.

— Mais…

— Ta gueule. Tu vois, c'est à mon tour de t'interrompre. Reste sur ton siège. Recule un peu.

Frédéric tente un geste. Je dirige le canon vers son front. Je m'en veux de trembler.

— Surtout ne tente rien. Je n'ai pas l'habitude de manier ce genre de truc. Je peux faire n'importe quoi. Même sans le vouloir. Un faux mouvement et tu es mort.

Il a compris. Il reste immobile. Je gronde :

— Les mains derrière le dos.

Il obtempère, les yeux rivés sur le revolver qui le menace de près. En guise de menottes, je sors de mon autre poche le cordon que j'ai préparé – l'une de ces lanières plastifiées, dotées de crans, qu'il suffit de serrer pour ligoter les poignets les plus récalcitrants. Voilà Frédéric maintenant assis sur sa chaise, épaules en arrière, mains entravées. Quand il voit la deuxième boucle translucide, il sait que ses pieds vont subir le même sort. C'est fait. Je complète le dispositif en attachant son corps au dossier de la chaise, et cela à l'aide d'un double mètre de Scotch de déménageur. Puis je termine en appliquant un peu de l'adhésif marron sur sa bouche.

— Tu vas enfin cesser de m'interrompre. Tu vas enfin m'écouter. Il n'y a pas d'autre moyen. Même quand on était amis, tu ne pouvais pas t'empêcher de parler. C'est plus fort que toi.

À présent, Frédéric est saucissonné, enroulé dans une gangue plastifiée, réduit au silence et à l'immobilité. Bref, complètement à ma merci. Et à mon écoute. S'il ne peut s'exprimer, ses yeux parlent pour lui. On peut y lire de la peur, de l'incrédulité, de la fureur. Je ne boude pas mon plaisir. Au gré de sa respiration, son souffle tend et détend le plastique de l'adhésif. Ses tempes sont moites. Je n'imagine pas la chaleur qu'il fait dans ses grosses chaussettes, tellement incongrues par ce temps. Je me trouve maintenant en face de lui, assis sur la chaise qui m'était dévolue il y a un instant. Je le regarde tranquillement. Il suffoque et souffre de plus en plus. De panique, de gêne. On n'entend plus que le sifflement de sa respiration à travers la membrane marron. Le procès vient de s'ouvrir. La parole est à l'accusation.

— Tu m'as en effet opéré pour ma myopie le 10 mai 2011. Depuis, mes yeux sont le cauchemar de mon existence. J'ai mal du matin au soir, la nuit, tout le temps. Le matin, quand je me lève, la douleur se réveille avec moi. Elle est là, elle attend, tapie sous ma paupière, comme un animal. Je sais qu'elle m'accompagnera toute la journée, jusqu'au coucher. Et le lendemain ce sera pareil, et le sur-lendemain aussi, et ce sera comme ça tous les jours de ma vie, jusqu'à ma mort. Tu parles d'impression de tension oculaire ? C'est comique. La sensation que j'ai en permanence, je dis bien *en permanence*, c'est que mes yeux vont gicler hors de leurs orbites, qu'ils vont éclater, tellement ça pousse à l'intérieur. Qu'ils vont exploser comme des bulles de verre. Et qu'après, à la place, il ne restera rien que deux trous noirs et vides. Franchement, je finis par le souhaiter, tellement c'est insupportable. Tellement c'est désespérant de savoir qu'elle sera toujours là, cette douleur, désormais. Un peu comme des acou-phènes. Des acouphènes des yeux. Un cauchemar. Et je ne te parle pas du Nurofen et du Doliprane que j'avale par boîtes entières. Si je ne crève pas de désespoir, ce sera de trous dans l'estomac.

Frédéric a les yeux – et les oreilles – grands ouverts. J'enfonce le clou, enfin, si j'ose dire.

— Mes yeux, c'est simple, j'ai envie de me les arracher. Ils m'empêchent de dormir et d'exister. Ils me lancent, tout le temps. Je les hais. Je les hais presque autant que toi. J'ai l'impression qu'on me les a volés, et remplacés par d'autres qui n'étaient pas à moi. Comme quand on recoud des boutons à la va-vite sur la tête d'un nounours. Tu sais quoi ? J'ai même souvent pensé en finir. En finir vraiment, pas pour me donner un genre, pas comme quand toi et moi, adolescents, on prenait des postures romantico-nihilistes. Non, en finir pour de bon. Je ne le fais pas, à cause des enfants.

Frédéric me fixe toujours. Ses yeux à lui sont déments, incrédules. Son bâillon de Scotch lui compose un sourire rectangulaire. Ainsi ligoté à sa chaise, il me fait l'effet d'un gros bœuf entravé, en route pour la foire aux bovins un jour de marché. Son front perle, il sue, se tortille. Tout en lui suinte la gêne, l'impuissance. Ses narines palpitent au rythme de courtes expirations. Depuis combien de temps j'attendais ce moment ?

— … Si encore il n'y avait que la douleur. Mais le comble, le plus beau, c'est que je n'ai jamais aussi mal vu de ma vie. Chapeau, beau boulot ! Vision instable, flottante, vague. Mes yeux sont comme le zoom d'un appareil photo déréglé. Ils font un va-et-vient incessant entre le près et le loin. Impossible de faire le point sur quelque chose. À peine si je n'entends pas le moteur forcer. C'est l'enfer. J'ai complètement oublié ce qu'était le plaisir de contempler, d'observer. De regarder pour regarder, tout simplement. De repérer les détails, les petits détails qui font la poésie de la vie. Tu te souviens comme j'aimais ça ? Moi qui adorais flâner, me promener… aujourd'hui, ça ne me viendrait même pas à l'idée ! Et encore, le jour, ça va à peu près ! Le pire, c'est la pénombre : dès que la nuit tombe, dès que la lumière est tamisée, un restaurant, une galerie, n'importe quoi, alors là je me retrouve carrément dans un théâtre d'ombres. Je ne vois plus les visages. Juste des masses sombres à la place des traits. Aucun piqué, aucune netteté, tout est délavé. J'ai oublié les lumières, les lampadaires, la magie de la nuit. C'est une bouillie de lumières, de flashs, de halos. Les néons m'aveuglent, les phares des voitures, les enseignes, tout déteint sur tout, c'est un grand kaléidoscope, une croûte, un barbouillage dégueulasse. Comme si je pleurais sans m'arrêter. Comme si les larmes rendaient tout flou. Abstrait. Les deux paires de lunettes que j'ai en permanence sur moi n'y changent rien : tout est loin, même de près. Le monde vu d'une vitre sillonnée de pluie. Plus vraiment réel. Du coup, la vie, c'est comme si je n'étais plus vraiment dedans. Sans plus aucune prise sur elle. Elle n'est plus qu'un décor que je traverse sans y croire, à distance. À mes yeux, plus rien n'est vrai. Sauf le regret que j'aurai toute ma vie d'avoir poussé ta porte. D'être venu te voir, tel le veau qui décide de lui-même d'aller à l'abattoir...

Et comme pour moi-même, comme s'il me fallait conclure :

— ... Avant, ce que je voyais de la vie était un chef-d'œuvre de chaque instant. Aujourd'hui, à tout jamais, je n'ai plus devant les yeux qu'une mauvaise copie de l'original. Une sale reproduction sur le couvercle d'une boîte de chocolats.

Frédéric souffle. Frédéric souffre. Il n'a plus d'air. Il réalise qu'il est seul avec moi, que personne ne viendra le tirer de là. Il me regarde déjà avec une sorte de résignation suppliante, impatient que cesse cette charge. Alors je reprends mon élan. Pressé, moi aussi, de vomir, même en vrac, même en flaque, ce ferment nauséeux qui macère depuis trop longtemps en moi.

— Pour tout te dire, ma propre vision m'est tellement étrangère, elle ne correspond tellement plus à celle que j'ai connue depuis l'enfance, celle qui m'a constitué, que j'en viens à me demander si c'est toujours bien moi qui suis derrière ces yeux. Toujours bien moi qui suis dans cette peau. Moi, ton ami, tu te souviens ? Et ça aussi, ça rend dingue. On ne fait qu'un avec ses yeux, avec son regard, avec sa perception des choses, alors quand cette vision change, c'est comme si soi-même, on avait été échangé par quelqu'un d'autre. D'ailleurs ce n'est pas loin d'être vrai. Depuis ta magnifique intervention, j'ai tellement changé que oui, je suis quelqu'un d'autre. Qui ? Je ne sais pas. En tout cas plus celui d'avant, celui que les autres connaissaient. Celui que TU connaissais. J'ai perdu ma joie de vivre, ma gaieté, mon insouciance, ma légèreté, mon envie de chanter. Je suis devenu irascible, irritable, odieux. Triste. Alors forcément, ce qui devait arriver est arrivé : Adèle en a eu marre de mes humeurs, et elle m'a quitté. Elle n'en pouvait plus de mon amertume, de mon agressivité, de ma hargne contre tout – je ne peux même pas lui donner tort. Et comme la vie, c'est la loi des séries, au boulot ça a suivi. J'ai été viré pour les mêmes raisons. Avec la mention « pas sociable avec ses collègues », « ne supporte pas l'autorité hiérarchique », « cyclothymique », ce genre de conneries. C'était il y a trois ans. Trois ans déjà. Ce qui fait qu'aujourd'hui, grâce à toi, je suis divorcé, sans travail, complètement fauché et malheureux comme les pierres. Et ce cauchemar, c'est à toi que je le dois. Tu es de loin l'humain que je hais le plus sur cette planète. Et tu me parles d'amitié ?

Frédéric réagit. Frédéric n'apprécie pas. Frédéric remue sur sa chaise, tente de se désentraver, se contorsionne jusqu'à l'épuisement, joue des coudes et des poignets, teste l'élasticité du Scotch industriel, mauvais Houdini dans un numéro raté. Mais Frédéric ne me fait pas peur. Avec sa stature creuse, peu musclée, il me fait penser à l'Ariane, cette grosse voiture que Simca avait mise sur le marché dans les années soixante : large et épaulée de carrosserie, pouvant accueillir six passagers sur ses banquettes, cette berline farcie d'ailettes et de faux chromes était conçue pour concurrencer les belles américaines. Las, avec son petit moteur de 1 300 cm^3, elle n'en avait, la pauvre chérie, pas les moyens. Faute de puissance, elle n'était qu'un pastiche, un faux, une bagnole de manège qui sonne creux. Frédéric, c'est pareil. Sous la carcasse, on sent le manque de ressort, de coffre, de sport. Les grincements cessent, les râles aussi : il se calme enfin. Imperturbable, lui faisant toujours face, j'achève mon réquisitoire.

— Pour résumer, le 10 mai 2011, tu m'as fait passer de la gaieté à la mélancolie, de la jeunesse à la vieillesse, de la lumière à l'ombre. Il y a un avant et un après. Avant il y avait la vie, la nuit, la lumière bleutée des petits matins, la beauté, partout. Après, j'ai commencé à concevoir *vraiment* la mort. Un pied non pas dans la tombe, mais du moins dans l'obscurité. Maintenant, je suis dans le mauvais pli, la phase de fin. La vie, la vraie vie, est derrière moi. C'est d'ailleurs la seule raison que j'ai de te remercier. Parce que le jour de mon dernier souffle, grâce à toi, je la regretterai moins. Et tout ça pourquoi ? Pour une intervention qui a duré, allez, un quart d'heure. Un quart d'heure pendant lequel tu m'as à peine adressé la parole.

Pas un mot d'empathie, de gentillesse, pas un geste pour me rassurer. Pas un mot d'amitié ! Non. Juste des ordres, comme toujours avec toi, « allonge-toi », « ouvre grand les yeux », « fixe la lumière rouge ». Pas de temps à perdre, hein, faut que ça crache, y en a d'autres qui attendent. En même temps, une belle clinique toute blanche et toute design comme ça, en plein quartier Victor Hugo, ça doit coûter bonbon, non ? Y a intérêt à amortir… je me trompe ? À trois mille boules le charcutage, ça vaut le coup de se dépêcher. Et c'est exactement ce que tu as fait, Frédéric. Tu m'as foutu sur ta putain de paillasse, tu as braqué ton laser sur un œil, puis sur l'autre, et zou : découpage, ouverture du capot, bricolage du moteur, sectionnement des nerfs, fermeture, cicatrices. Je suis reparti les yeux en feu, les yeux en sang, avec mes lunettes en plastoc scotchées à la peau. Avec le recul, j'hésite entre le garagiste véreux et le boucher tortionnaire. Après tout, lasik et nazi, ça sonne un peu pareil, non ?

Cette fois, ça s'agite dur sur la chaise d'en face. Frédéric s'énerve tellement qu'il en devient tout congestionné. Avant qu'il n'éclate comme un gros ballon rouge, je décide de lui venir en aide. À condition qu'il se calme.

— Tu vas t'étouffer et j'ai encore plein de choses à te dire. Calme-toi.

Un râle contraint répond à ma demande. On dirait un pitbull sous muselière. Dans un dessin animé, il y aurait des jets de fumée qui lui sortiraient des deux oreilles, façon cocotte-minute. Mais peu à peu, mon silence lui fait l'effet d'un bouton que l'on tourne sous la gazinière. Maintenant il bout toujours, mais à feu doux. Je tends une main, il se cabre et manque de tomber en arrière.

— Je ne te laisserai respirer par la bouche que si tu me promets de te calmer pour de bon.

— …

— Promis ?

— …

— Très bien.

Pinçant le bandeau de Scotch qu'il a sur les lèvres, j'en soulève un côté, un peu comme on ouvre le judas d'une porte pour voir à qui on a affaire. À peine est-elle à l'air libre que sa bouche se contracte et me crache à la gueule un flot de décibels :

— T'es dingue ! J'étouffe ! T'as pas le droit ! C'est du délire, ton histoire !

— Oh que si, j'ai le droit. Arrête ou je referme.

Frédéric s'énerve de plus belle, le cou gonflé, les veines saillantes, accompagnant ses mots de coups de buste en avant, au risque de basculer encore.

— Mais qu'est-ce que tu veux, à la fin ? éructe-t-il.

— Régler mes comptes. Les bons comptes font les bons amis. Enfin, c'est ce qu'on dit.

— Quoi ? Oh, Paul… arrête… tu me fous les jetons, là. On peut parler… au moins au nom de ce qu'on était avant… je peux t'aider !

— Non. Tu m'as fait trop de mal. À cause de toi, je suis mort, ou tout comme.

Après un bref silence, il change de tactique. Après tout, la meilleure défense, n'est-ce pas l'attaque ?

— Mort, mort… faut pas exagérer… tu y vois, que je sache ! grogne-t-il. Peut-être pas autant que tu le souhaiterais, mais tu y vois !

— Je vois surtout un mauvais ophtalmo qui essaie de se défendre.

— Pas du tout ! Mais tu vois mieux que tu ne le crois. Je connais ton dossier, figure-toi !

— Ah oui ? Parce que j'arrive à lire à peu près des lettres sur un mur ? Bien rangées par lignes, des plus grosses aux plus petites ? Tu crois que la vision se réduit à ça ? À un alphabet pour gamins ? Z-U-M-C-F, O-H-S-U-E, N-L-T-A-V-R... je les connais par cœur, tes lettres à la con ! Mais la vue, c'est pas ça, bordel ! C'est autre chose, c'est un confort, une stabilité, une netteté, une profondeur de champ, quelque chose de naturel !... La mer, ce n'est pas le déchiffrage des lettres M, E et R, c'est la mer, bordel ! Et moi la mer, désormais, je ne la verrai toujours que dans le brouillard...

Ma voix s'est cassée car la peine, sans prévenir, a repris le pas sur la colère. Frédéric encaisse, mais je vois bien qu'il prépare une offensive. Ce procès improvisé, jusque-là synonyme de monologue, semble vouloir donner un peu la parole à la défense. Aussi l'accusé se concentre-t-il pour plonger tête baissée dans cette brèche inespérée. Le voir se tortiller sur sa chaise, comme sur des charbons ardents, en dit long sur sa nervosité. Le recours à un discours technique lui apparaît comme la meilleure des parades :

— Ça fait partie des séquelles classiques de ce genre d'opération, contre-attaque-t-il. On ouvre et on referme, alors forcément : il y a une cicatrice. Même à l'échelle du micron, elle peut représenter un très léger renflement... et puis, tu l'as dit, tout ça ne se fait pas sans couper des nerfs. Oui, le film oculaire est un peu altéré. Oui, l'œil devient plus sec. Et oui, on y voit moins bien la nuit. Mais ce sont des symptômes postopératoires tout à fait classiques.

— Non, sans rire ? Vraiment ? Quel dommage que je n'aie pas été au courant de tout ça avant... Parce que, les séquelles postopératoires, c'est toujours mieux de les connaître *avant* l'opération, tu ne penses pas ?

— Tu étais au courant des risques, Paul ! Tu as signé un protocole, que je sache !

— Pas à ma connaissance, non...

— Impossible. Sauf erreur, mon assistante t'a forcément fait signer un document.

— Mais non ! Aucun ! Pas besoin, c'était informel, je te rappelle qu'on était amis ! Tu as dû penser qu'on pouvait s'en dispenser...

— Mais...

— Je te dis que tu ne m'as rien fait signer. Que tu ne m'as parlé de rien, et encore moins des risques. Prévenu de rien. Ni de la sécheresse oculaire, ni de la vision réduite dans la pénombre, ni des halos lumineux. J'aurais su le dixième des risques encourus, le dixième des risques « classiques » liés à ce genre d'opération, je n'y serais jamais allé. D'autant moins que mes lentilles m'apportaient toute satisfaction, autant en termes de vision que de confort.

— Il y a forcément un malentendu.

— Le malentendu, c'est de voir un pseudo-spécialiste qui a oublié sa mission première : soigner, prévenir plutôt que guérir, informer son patient, que dis-je, son vieil ami ! Le sensibiliser, lui parler. Parler, tu comprends ce mot ? Toi, c'est tout le contraire : tu t'es assez fait chier à faire dix ans d'études, tu ne vas pas en plus perdre ton temps à blablater, hein ? Ton pognon, tu estimes que tu ne l'as volé à personne. Alors maintenant, faut que ça rapporte. Pas question de tuer la poule aux œufs d'or, que dis-je, la poule aux yeux d'or ! Et tant pis pour la cohorte de bernés qui viennent pleurer ensuite sur les forums spécialisés, du genre : « j'ai fait la connerie de mon existence et je donnerais dix ans de ma vie pour retrouver ma vue »... quand je lis ça, je crois m'entendre ! Moi aussi, les dix ans, je les donnerais ! Pour retrouver ma vue d'avant... ma vie d'avant... cela dit, à ta décharge, tu n'es pas le seul à te remplir les poches : si tu savais l'argent et le temps que j'ai perdu à tenter de réparer tes conneries ! Non seulement auprès de tes confrères ruisselants d'or, mais aussi des innombrables magnétiseurs, acupuncteurs et autres escrocs qui profitent de la détresse des gens...

C'est là que je l'entends bredouiller :

— Si tu veux, je peux te dédommager...

— Hein ? Allez, tais-toi... ferme-la, s'il te plaît.

— Paul ?

— Ta gueule, j'ai dit.

— J'ai soif... je voudrais juste de l'eau, s'il te plaît.

— Ah, OK.

Un verre d'eau du robinet et le voilà rafraîchi.

— Merci, murmure-t-il, gêné.

Je ne le suis pas moins.

— Pas de quoi. Chut, maintenant. Je t'ai assez entendu.

J'applique à nouveau sur sa bouche le bâillon adhésif. Ce silence retrouvé me laisse le temps de me livrer à une petite inspection de la pièce, bon-bonnière feutrée sentant bon l'encaustique d'un mobilier Empire moelleusement disposé sur la moquette. Quelques touches personnelles, à peine : un pêle-mêle où se chevauchent des photos d'enfants, un masque africain, un diplôme encadré avec ce qu'il faut de pompe et de lauriers.

— À part ça, ça va Christine ? Et les enfants ? Oui ? Tu as de la chance… Tout te sourit, on dirait… même ici, c'est coquet !… Chiant, mais coquet. Cosy. Plus grand que chez moi, en tout cas. Chez moi, c'est au 6ᵉ étage sans ascenseur et ça fait 8 m². Et dire que le 8 est le symbole de l'infini ! 8 m², je t'assure, ça n'a rien d'infini. Quand je rentre le soir, je ne me perds pas. Un lit, un placard, une table pliante, une chaise de jardin, un lavabo d'eau froide. Pour la toilette, prière de prendre une bassine. Pour les chiottes, c'est au fond du couloir. Comme il n'y a que des mecs à l'étage, je ne te fais pas de dessin : le trône est plein de pisse, forcément. Au début, je venais avec mon rouleau de PQ et je tapissais l'émail du siège. Maintenant, j'ai mon truc à moi : je viens avec ma lunette perso. Lunette, c'est un mot qui te parle, non ? Je te taquine.

J'ai rarement vu un type suer autant. Ainsi ligoté les mains en arrière, penché en avant, Frédéric ressemble à une gargouille prête à déverser sur moi un torrent d'insultes. Mon phrasé monocorde semble le paniquer. Je poursuis sur le même ton.

— … L'exiguïté, ce n'est pas tant ça le problème. Ni les goguenots, ni le lavabo d'eau froide. Non, ce qui est dur, vraiment dur, c'est que je ne peux pas recevoir mes enfants chez moi le week-end – enfin, un week-end sur deux plutôt, parce que évidemment, on m'en a retiré la garde... Faut dire, un père qui vit dans une soupente... qui n'a plus de boulot et qui en plus, picole un peu... qu'est-ce qu'on peut imaginer de pire ? Alors quand je les vois, c'est dans un hôtel minable de banlieue. Et dire que j'avais une super-femme, une super-famille, un super-job, une super-maison, une super-bagnole, des super-vacances ! Tu te souviens ? J'avais même une super-forme, rappelle-toi, j'étais classé au tennis ! Le roi du coup droit ! Les raclées que j'ai pu te mettre ! Faut dire que je cognais, un vrai bûcheron. Maintenant, avec mes vingt kilos de trop et ma couperose, je suis plutôt le roi du coup de rouge. Comment te remercier ? Tout ça, c'est à toi que je le dois ! Tiens, à propos de coup de rouge, y a rien à boire, ici ? Je suis sûr que c'est rangé quelque part...

Avec des ahanements étouffés, et force haussements de sourcils, Frédéric m'indique le gros meuble qui occupe le pan de mur côté fenêtre : un secrétaire typique du style Napoléon Ier, à abattant gainé de feutre vert, avec montants en colonnes détachées, tiroirs multiples, serrures ouvragées et bagues de poignées en bronze doré.

Je me lève et, me conformant à ses œillades, me penche vers les trois tiroirs du bas – pour un peu je l'entends me dire que je chauffe, puis que je brûle. Au moment où je saisis les poignées du tiroir le plus haut, un simple assentiment de ses paupières me révèle que j'ai touché au but. En s'ouvrant, le tiroir laisse échapper une bonne odeur de bois ancien – et apparaître, dûment couchée, la caissette d'un Lagavulin seize ans d'âge. Je brandis celle-ci à la manière d'un trophée, la pose sur le bureau et ouvre aussitôt le coffre au trésor.

— Cadeau d'un client ?

Pour le peu que je puisse en juger, l'ancien-ami-médecin-boucher semble s'offusquer.

— Oh pardon : d'un *patient*. Navré de t'avoir froissé.

Frédéric opine du chef.

— Comme quoi il y en a qui sont contents de tes services. Voilà qui confère encore plus de rareté à cette bouteille. Tu as des verres ?

D'un mouvement de menton, il me montre la porte. C'est assez pour que je devine ce qu'il veut me dire :

— Hors du bureau ?

Dans le borborygme que j'entends en guise de réponse, je crois deviner le mot « cuisine ».

— « Cuisine » ? C'est ça ?... Ne bouge pas... enfin, je me comprends. Je vais voir.

Un minuscule coin-cuisine jouxte en effet la salle d'attente, équipé d'un évier, d'un four micro-ondes et d'un petit frigo. Sur l'étagère, quelques verres tout simples sont alignés. J'ai trouvé mon bonheur. Je reviens dans le bureau. Non seulement Frédéric n'a pas bougé, mais en plus, tout témoigne dans son attitude d'un profond abattement. En quelques secondes, il s'est tassé, replié sur lui-même en une boule compacte de perplexité. Je me sers un verre. Moins parce que j'ai soif que pour me donner du courage. Je sais que l'émotion altère ma voix et me rend moins crédible. Alors je m'en remets à l'alcool pour m'envahir, me réchauffer et surtout, me libérer d'un poids :

— En fait, Fred, je suis venu ici pour te tuer.

Je m'en veux d'avoir dit « Fred », comme avant. Ça m'a échappé. Mais, excepté cette boulette, j'ai dit ça comme il le fallait. Tranquillement. Je suis content de moi. Je me suis tellement entraîné. J'en ai encore le cœur qui explose, mais Frédéric n'y a vu que du feu. Le feu, le vrai, c'est celui qui coule dans mes veines en même temps que ce whisky d'exception, aux notes fumées, marines, finement boisées. Les pupilles braquées sur le flingue, Frédéric toussote, manque encore de s'étouffer. Je poursuis.

— Pas question pour moi de te laisser continuer à vivre, avec tes yeux qui voient bien et ta femme qui t'aime, ta jolie situation et ton bel appart... alors que pour moi la vie s'est arrêtée. Que veux-tu, c'est la loi du talion, œil pour œil, dent pour dent. La vengeance primale. La seule valable.

Je reprends une gorgée pour me dégeler. Ça brûle et ça me fend en deux comme un jet d'urine dans la neige. Je m'enhardis un peu.

— Pas sûr que j'y arriverai, mais je vais essayer. Faut avoir les tripes. Remarque, ça, ça va m'aider, dis-je en désignant la bouteille. Hé, ho !?.... ça va ?

Pas vraiment. Frédéric est en train de se noyer dans sa propre salive et, à en juger par le filet carmin qui coule sous sa bouche, dans son propre sang. Je lui arrache l'adhésif avec la brutalité d'une praticienne qui débute en institut d'épilation. Frédéric hurle, crache, bave, reprend son souffle. Des larmes lui mouillent les yeux. Fini l'orgueil du praticien, l'assurance tranquille du médecin CSP+, la stature du père de famille respecté. Mon ancien ami est redevenu un tout petit garçon. Un tout petit garçon terrorisé. Pas de pitié, je décide de le museler une nouvelle fois, tout en essayant de faire diversion.

— Calme... Tiens, pour te faire rire un peu, tu sais comment je t'appelle, depuis quatre ans ?

À nouveau réduit au silence, Frédéric fait non de la tête. Une lueur d'espoir brille dans ses yeux. C'en est presque touchant.

— Le copépode.

Ses sourcils se lèvent en signe de surprise.

— Tu ne sais pas ce que c'est ?... Rien d'étonnant... Moi-même, je l'avais appris par hasard, dans un article. Eh bien un copépode, figure-toi, c'est une saloperie de crustacé qui ne trouve rien de mieux à faire dans la vie que de venir se fixer dans la cornée du requin des glaces. Jusqu'à lui faire perdre la vue. Le rendre complètement aveugle. Résultat, ce même requin des glaces est condamné à errer sans fin dans les profondeurs, sans rien y voir, dans une nuit définitive. Tout ça parce qu'une cochonnerie de cinq centimètres de long, avec ses griffes à la con, a décidé de lui bouffer les yeux ! Entre nous, à quoi ça lui sert d'être féroce et puissant, au requin des glaces ? À rien. Je ne connais pas de définition plus juste de l'impuissance, de l'absurde, et de la solitude. Donc oui, tu vois, pour moi tu es un copépode. Celui qui m'a bouffé mon bonheur de vivre.

Ce constat réinjecte un peu de poison violent dans mes veines. De quoi me faire remonter en mémoire les méfaits d'un autre nuisible, plus terrifiant encore. Un humain, cette fois. Un salaud, un vrai, le dénommé Jean Augé. Ce sadique qui régnait sur le milieu lyonnais dans les années soixante avait aussi été barbouze pendant la guerre d'Algérie. Là, il avait gagné le sobriquet de Jeannot la Cuillère – sa spécialité étant de faire sauter les yeux de ses victimes à l'aide d'une simple petite cuillère. Et c'est en me resservant un peu de Lagavulin que je me pose la question : le comble pour un ophtalmo, n'est-ce pas d'être énucléé ? Une bonne pression du pouce dans la cavité orbitale, un mouvement rotatif façon fourchette à escargot, un cisaillement sec pour sectionner le nerf optique et hop, le tour est joué ! Après un peu crissement de fond de coquille, on se retrouve avec dans les paumes deux petites boules gélatineuses semblables à des litchis frais... à ceci près qu'elles vous regardent. N'y tenant plus, je me retourne vers Frédéric :

— Puisqu'on en est au jeu de questions-réponses... Jeannot la Cuillère, ça te dit quelque chose ?

Ses yeux vont de droite à gauche, signe qu'il cherche. Mais, pas plus qu'il ne connaissait les copépodes cinq minutes plus tôt, il ne met un visage sur le bourreau.

— Un type qui travaillait à la cuillère pour énucléer ses victimes... mais laisse tomber, je te demandais ça comme ça.

Sur ces mots, je le laisse à sa panique et vais ouvrir la fenêtre, qui donne sur la cour. En même temps que la rumeur urbaine, lointaine, un peu d'air estival pénètre dans la pièce. Sous le carré de ciel rose, j'entends des martinets filer entre les toits, se poursuivant en criant à une vitesse phénoménale. Je ne connais pas de son plus doux que les cris des martinets quand ils retentissent le soir sur les toits de Paris, dans les cours des immeubles, au mois de juillet. À mes oreilles, ils sonnent comme l'été, les examens déjà loin, la frappe des balles pendant la finale de Roland-Garros à la télé, les klaxons du Tour de France, les vacances, l'enfance. Un instant, j'oublie où je me trouve, un instant je me sens même un peu las, las d'être là, et non pas dehors, à une terrasse. Mais un grincement de chaise, doublé d'un mince couinement, m'extirpe de mes songes. Impossible de comprendre. Je délivre Frédéric de son bâillon.

— Quoi ?

— Pardon mais j'ai encore soif.

— Je te donne de l'eau.

— Non, plutôt...

— Ça ?

Et le « ça » désigne la bouteille de single malt.

— Oui... ça. Si c'est possible.

— Après tout...

Sans le détacher, je lui donne la becquée. Un verre de bon whisky. Mais sans ménagement. Versé à grand flot à même la glotte, comme de l'huile dans un moteur, le liquide lui brûle le tube digestif. Frédéric tousse à s'en étouffer. Je lui tape dans le dos.

— Merci, miaule-t-il comme si on lui avait passé les cordes vocales au papier de verre.

— Vraiment de rien. C'est le verre du condamné.

Il blêmit. Ne dit rien. À défaut d'avocat, il a le droit de garder le silence. Quant à moi, je retourne à mon poste de vigie. Dehors, les martinets dansent toujours en un ballet infernal. L'image même de la vie, dans ce qu'elle a de plus désordonné, ludique, joyeux. Dans ce qu'elle a de plus lointain avec la pièce où nous nous trouvons, Frédéric et moi. J'ai envie de sortir. D'en finir. Je prends le flingue. Je l'applique sur la tempe de Frédéric. Il sent le froid du canon près de son oreille. Il serre la mâchoire, mais parvient à marmonner entre ses dents :

— Tu le regretteras, Paul.

— Je ne pense pas. Je n'ai plus rien à regretter. Plus rien à perdre. La vie comme ça, je m'en fous.

— Tu es fou. Tu ne vas pas faire ça.

Il n'a plus de salive, son haleine sent la peur.

— Bien sûr que si. Tu vas crever et moi, je respirerai mieux.

Lui respire mal.

— Réfléchis…, halète-t-il, tu vas finir ta vie en tôle…

— Tu me prends pour un con ? J'ai écrit une lettre d'adieu en imitant ton écriture. Une lettre où tu déclares vouloir quitter la vie. Où tu dis que tu en as marre. Où tu demandes pardon. Le suicide de l'imposteur rongé par le remords, moi, ça me paraît crédible. Au pire, tu as raison, on me retrouvera et on me foutra en tôle. Tant mieux, je n'aurai plus rien à regarder, ça m'arrange.

— Tu peux t'y préparer. On verra que c'est un faux.

— Pas sûr. Tu ne sais pas de quoi je suis capable. J'ai passé des nuits à recopier tes ordonnances. Jusqu'à reproduire tes mots, ta ponctuation, tes consonnes et tes voyelles, à la perfection. J'en ai bouffé du « Vismed », du « Celluvisc », du « deux gouttes trois fois par jour ». Tes « s » et tes « m » sont un cauchemar, mais sincèrement, je ne suis pas peu fier de moi. Du travail de faussaire. De faussaire professionnel. Pour le reste, t'inquiète, je vais effacer toutes les traces. Pas d'empreintes.

Il voit que je ne plaisante pas. La panique lui coupe les arguments.

— Et la détonation ?... ça va s'entendre, la détonation.

— Dans ce genre d'immeuble, tout le monde est déjà parti à Deauville ou à l'île de Ré. Et puis je vais tirer à travers un coussin, il y en a plein la salle d'attente. Autre chose à ajouter ? Un dernier mot ? Non ? Alors il ne me reste plus qu'à te montrer ça. Cadeau.

De ma main libre, je déploie sous ses yeux un petit morceau de papier quadrillé, arraché à un cahier, bout de page intact et pieusement conservé. Sur cette relique qui sent bon l'encre et le temps d'avant, quelques mots sont écrits au stylo plume, en lettres tremblées – des lettres d'écolier, touchantes de maladresse :

« Paul et Fred, amis à la vie, à la mort »

Je répète en insistant :

— ... À la vie... et à la *mort*. Tu vois, c'est écrit. Du pur CM2.

Cette fois, Frédéric craque complètement et éclate en sanglots. Ce retour dans le passé a eu raison de sa retenue. La digue a cédé, laissant l'eau déborder de ses cils pour dégouliner sur ses joues, ses lèvres, son menton, en grosses larmes obscènes se mêlant à la sueur, à la morve, et laissant derrière elles des traces vernissées. À la faveur de ce baptême, de ce bain de jouvence, je me dis que le papier a fait son effet. Qu'il a replongé Frédéric dans l'enfance, dans cette cour de récré où nous nous sommes connus, il y a si longtemps.

Mais rien à faire, c'est trop tard. Plus déterminé que jamais, j'appuie le canon sur la tempe de Frédéric. Ses veines sont gonflées à éclater. Tête baissée, il gémit, ravagé par les regrets et la conscience aiguë que cette fois, c'est fini. Je murmure, un peu trop théâtral à mon goût :

— Sois courageux.

Son dernier cri ne sort pas, il s'étrangle dans sa gorge. L'effroi fait office de foulard enfoncé jusqu'à l'œsophage. Je sens que son cœur s'arrête. Je presse sur la détente. Comme attendu, un petit « clic » se fait entendre, un clic dérisoire, minable, un clic de jouet en plastique. Stupéfait, Frédéric lève vers moi des yeux de miraculé. Il est toujours là, son cœur continue de battre et il n'en revient pas. Ses yeux sont brillants de larmes, mais aussi d'espoir. J'éclate d'un rire de gamin qui a réussi son coup.

— Non ? Tu as vraiment cru que j'allais te flinguer ? Mais quel couillon ! Un autre que toi, je ne dis pas… mais toi… que veux-tu, on ne se refait pas.

La stupéfaction laisse place au soulagement, mais les sanglots sont toujours là. Frédéric n'est plus qu'un glaçon qui fond à chaudes larmes. Je continue, débonnaire :

— Si tu voyais ta tête ! Tu dois vraiment me prendre pour un dingue. Et te demander pourquoi j'ai organisé cette petite mise en scène. Je te comprends ! Eh bien c'est tout simple : je voulais juste que tu te rendes compte, ne serait-ce que dix minutes, ce que c'est que de vivre sa vie à travers les larmes. Je voulais juste, juste un petit moment, que tu voies avec tes yeux comment je vois avec les miens depuis maintenant quatre ans. Que tu réalises, un peu. Que tu réalises ce que c'est que de tout regarder à travers un voile, le voile du flou et de la douleur.

Haletant, en nage, Frédéric ne perd pas une syllabe de ce que je dis. Je poursuis posément.

— Quant au flingue... c'est incroyable, tu n'as rien vu non plus. Quand je te dis que tu ne vois rien !... c'est quand même un comble pour un ophtalmo, non ? Tu sais ce que c'est, ce flingue ? Un pistolet à grenaille. Déchargé. On en trouve dans n'importe quel magasin de chasse et pêche. Pas plus que moi tu n'es habitué aux armes, toi, je me trompe ? C'est ça de vivre dans son petit milieu, dans son petit confort, dans sa petite existence...

Frédéric reste sans voix. Je reprends un verre.

— ... Faut dire que j'ai été crédible, non ? « Un faux mouvement et tu es mort... » : j'ai vu ça dans les films de Belmondo ! Après, c'était juste une question d'entraînement. Combien de fois j'ai répété mon geste devant ma glace ? « Un faux mouvement et tu es mort... » Entre nous, c'est un métier. Mais bon, l'important, c'est que ça ait marché.

Frédéric est totalement estomaqué. Plus aucun son ne sort de sa bouche. Plus besoin de bâillon. Je lui donne le coup de grâce.

— Je suis gentil, mais maintenant, je vais te laisser là, Fred. Comme un con sur ta chaise. C'est une moindre punition, tu peux en convenir. Sois content, ton calvaire ne va durer que deux jours et trois nuits. Jusqu'à lundi matin. Te plains pas, j'aurais pu te laisser tout le mois d'août. Trois jours, ça te permettra de réfléchir. À ce que tu as fait à mes yeux. Mais surtout, puisqu'on parle de vue, à ta vision... de l'amitié, précisément. Ça m'intéresse. L'amitié, tu sais, ce truc sacré, en principe.

C'était à prévoir, Frédéric tente le tout pour le tout.

— Christine va s'inquiéter. Elle va appeler.

— Arrête... Je sais qu'elle part toujours pour Oléron avec une semaine d'avance sur toi... avec les filles... vous avez toujours fait ça... je l'entends encore : « C'est la petite semaine de mon mari, sa semaine entre potes, il y tient beaucoup ! »... dans ces cas-là, je la connais, elle te fout une paix royale. Et puis après tout, c'est pas faux : on est entre potes, non ?

Frédéric reste coi. Le fait que je connaisse aussi bien sa vie, ses habitudes, ou plutôt que je m'en souvienne aussi précisément le laisse sans défense.

Le voilà qui se lance dans un ultime baroud d'honneur :

— Elle va appeler, c'est sûr.

— Euh... entre nous, tu as entendu ton téléphone sonner depuis que je suis là ? Ou un texto arriver ?

— ...

— Si elle avait voulu t'appeler, elle l'aurait déjà fait. Allez, je te laisse. Deux jours et trois nuits, c'est long, mais je te rassure, ce n'est rien à côté d'une vie foutue. La gardienne te trouvera tôt lundi matin, pour le dernier grand ménage d'été. C'est toujours elle qui le fait, au moins ?

— Oui.

— ... alors il ne me reste plus qu'à te clouer le bec à nouveau grâce à une nouvelle dose de Scotch... enfin de scotch, entendons-nous : c'est pas du Lagavulin, cette fois...

J'applique sur sa bouche une double dose d'adhésif marron.

— ... et à te souhaiter un très bon week-end. Salut, l'ami.

Je prends ma veste, tourne le dos à Frédéric et le laisse derrière moi, ligoté sur sa chaise. Juste avant de partir, je m'arrête net, comme dans les films, puis je reviens sur mes pas et, mystérieux, m'approche du bureau. Une pile de cartes de visite y est posée. J'en prélève une et, sous les protestations étouffées de Frédéric, je quitte l'appartement. La porte claque lourdement derrière moi.

Dans la cage d'escalier, de celles qui sentent les plats en sauce le dimanche, de celles où l'on se croise en grommelant quand l'ascenseur est en panne, je m'arrête un instant pour griffonner un mot sur la carte. Juste au-dessous de la mention « Docteur Frédéric Maille, ophtalmologiste » gravée sur le bristol, j'écris bien lisiblement à l'intention de la gardienne : *Madame, exceptionnellement, pourriez-vous effectuer le ménage demain samedi, et non lundi ? D'avance merci. Dr FM.*

Puis je glisse la missive sous la porte de la loge. Advienne que pourra. Au moins, j'aurai essayé.

Éric GIACOMETTI
&
Jacques RAVENNE

Best-seller

AFP. *Rebondissement dans l'affaire du meurtre de l'éditrice Clarisse Nerva. Les écrivains Adrien Rosquen et Pierre Giletti, auteurs de thrillers, ont été arrêtés à leurs domiciles respectifs tôt ce matin. Ils sont actuellement interrogés par la police.*

Paris
Commissariat du 5ᵉ arrondissement
Salle d'interrogatoire

— Ça ressemble à vos descriptions ?

La salle d'interrogatoire est petite, pas de fenêtre. Une table au revêtement gris qu'éclabousse la couverture rouge du dossier de police posé juste sous les néons.

— Vous voulez voir les photos ?

Pour une femme dont la consommation de nicotine doit excéder le paquet – au vu de son majeur droit cerné d'une bague de chair jaunie – elle a une voix étonnamment douce.

— Monsieur Rosquen, je vous ai déjà posé deux questions et vous ne répondez pas. Je pensais les écrivains plus prolixes.

J'attendais le mot *bavard* au lieu de *prolixe*. Le mot me surprend et je n'aime pas être surpris. Surtout par un lieutenant de police qui répond au nom de Béatrice Gantzer. Ça sonne trop comme *Pantzer*.

— Dans nos romans, il y a deux lignes narratives, une historique, une contemporaine et c'est mon coauteur qui écrit les parties actuelles, donc la description des salles d'interrogatoire. Voilà pourquoi je n'ai pas répondu à votre première question.

J'observe sa réaction, mais elle reste de marbre.

— Et la seconde ?

— Vous m'avez convoqué, ce matin, pour que je vous parle de mon éditrice, *subitement décédée*, selon vos propres termes au téléphone, et là, vous me proposez de voir des photos...

— Qu'en concluez-vous ?

— Qu'elle n'est pas morte en faisant un jogging.

— Elle faisait du jogging ?

— Je n'en sais rien. Je ne la fréquentais pas assez pour connaître ses préférences sportives.

— Et ses préférences sexuelles ?

La policière pose la main sur le dossier pour le faire glisser.

— Vous devriez voir les photos.

Refuser de voir ces clichés, c'est faire preuve d'une absence de curiosité fatalement suspecte. Je rabats la couverture.

— Cette photo a été prise dans la chambre de Clarisse Nerva, peu après un appel affolé de sa femme de ménage qui venait de la découvrir comme ça...

On ne voit pas le visage de Clarisse, juste la touffe brune de ses cheveux qui se répand sur ses épaules et son front.

— Je suppose que vous avez vu les marques ?

Difficile de les ignorer. Clarisse avait la peau très blanche. Les traces sont parfaitement visibles. Sur le cou et autour des poignets.

— Où est la corde ?

C'est la première question que je pose au Pantzer.

— Nous ne l'avons pas retrouvée, mais des fibres ont été prélevées. Nous aurons plus d'informations d'ici peu.

Je sais maintenant qu'elle ne va plus parler. Si Clarisse avait été découverte attachée, on aurait pu supposer un jeu érotique qui aurait mal tourné.

Mais là, quelqu'un a pris la peine d'ôter la corde et de l'emporter. De quoi transformer un partenaire sexuel en assassin potentiel.

— Elle est morte comment ?

— Strangulation. La corde enserrait le cou, à la manière d'un pendu, puis liait les mains avant de ligoter ensemble les deux pieds. Regardez cette photo.

Cette fois le corps de Clarisse est pris de dos. Les jambes sont rabattues en arrière. On voit nettement des écorchures rouges sur les chevilles.

— Elle s'est débattue ?

— Oui, mais pas longtemps : elle s'est étouffée très vite.

J'ouvre la bouche, mais rien ne sort.

— Clarisse Nerva est morte il y a trois jours. Nous n'avons pas rendu publique l'information pour enquêter en toute discrétion. Et déjà, nous pouvons affirmer que ce n'est pas une agression…

Je ne réagis pas.

— Il s'agit d'une pratique érotique connue des amateurs de bondage. Les mouvements du corps tendent la corde, ce qui provoque un étranglement progressif. Et, semble-t-il, un plaisir inédit. À quoi pensez-vous ?

— À la corde. Ou plutôt à celui qui l'a enlevée.

— Vous, vous l'auriez enlevée ?

— Je ne pratique pas ce genre de jeux.

— J'interroge l'auteur de romans policiers, pas un suspect.

Je hausse les épaules.

— Si c'est un simple partenaire de jeu qui s'est affolé et a retiré la corde pour qu'on ne trouve pas d'empreintes ou de marqueurs génétiques, ça n'a aucun sens, car il a dû en laisser partout, des draps à la peau de Clarisse.

— Et si c'est l'assassin ?

— Alors il a pris la corde comme trophée.

Elle tapote du doigt la poche extérieure de sa veste en jean. C'est là que doit se trouver son paquet de cigarettes.

— Vous étiez où au moment du crime ?

— Je croyais que je n'étais pas suspect ?

— Simple vérification, monsieur Rosquen. Simple vérification.

— J'avais rendez-vous avec mon coauteur. On a travaillé jusqu'à tard notre prochain roman. Vous pouvez l'interroger, il confirmera.

Pantzer a un geste vague de la main. Comme si tous les suspects disaient la même chose ou que mon alibi n'avait aucun intérêt.

— On verra. Mais vous ne m'avez toujours pas dit ce que vous auriez fait, si vous aviez été avec votre éditrice, lors du crime.

— Je vous ai répondu : je ne m'adonne pas à ce genre de plaisirs.

— Moi je pense que vous auriez pris la corde.

— Pourquoi ?

— À cause du nœud coulant autour du cou. Nous l'avons fait examiner par un expert.

— Et alors ?

— Ce modèle de nœud coulant n'est plus utilisé depuis au moins deux siècles. Il faut fouiller les archives pour en trouver un modèle, ou alors...

Je sens ce qui vient. Clarisse a dû avoir la même sensation quand la corde a commencé à se resserrer.

— ... lire un de vos livres.

Commissariat du 5ᵉ arrondissement
Bureau principal

— Résumez-moi la situation, lieutenant Gantzer.

Le commissaire Baluard s'est installé dans sa posture favorite. Enfoncé dans son fauteuil jusqu'aux épaules, les deux mains jointes sous les lèvres, les yeux mi-clos. Certains affirment qu'il dort, d'autres qu'il pense. Peut-être les deux.

— Depuis la découverte du corps, nous avons procédé aux investigations d'usage...

Baluard l'interrompt :

— J'ai déjà lu le rapport préalable, lieutenant. L'identité de la victime est vérifiée ?

— Oui, Clarisse Nerva, éditrice, quarante-sept ans. Célibataire sans enfant.

— Vous avez interrogé ses proches ?

— Nous avons passé sur le gril tous les membres de sa maison d'édition. De la réceptionniste au rez-de-chaussée au comptable sous les combles.

— Conclusion ?

— Ils nous ont tous tiré le même portrait : le

Polaroïd fané d'une femme qui ne vivait que pour son travail. Pas de mari, peu d'amis, aucun amant connu.

— Des tensions ?

— Pas avec ses collègues. En revanche, sa maison d'édition venait d'être rachetée par un fonds d'investissement et elle craignait pour son job.

Un des yeux s'ouvre. Béatrice a déjà remarqué que le gauche annonce une question, le droit un ordre.

— Et on n'a pas retrouvé la corde ?

— Toujours pas.

— Vos hypothèses ?

— Clarisse est une adepte du bondage. Premier cas : son partenaire serre trop certains nœuds et durant l'acte Clarisse s'étrangle elle-même. Affolé, son partenaire s'empare de la corde croyant effacer ses traces.

— Vous avez passé la scène de crime au peigne fin ?

— Affirmatif, il y a des empreintes et de l'ADN dans la chambre. On attend les résultats du labo.

Le commissaire bat de la paupière gauche.

— Seconde hypothèse ?

— Son partenaire a volontairement tiré sur la corde, puis, le meurtre commis, a emporté l'arme du crime.

— Vous avez fouillé l'ordinateur, le téléphone de la victime ?

Béatrice plisse les lèvres. Elle a la réputation de ne rien laisser au hasard.

— Elle ne fréquentait pas de sites de rencontres spécialisés, ou de forums liés au bondage. Aucune recherche sur Google sur cette thématique.

— Ça devient rare aujourd'hui quelqu'un qui n'explore pas ses plaisirs secrets sur Internet. D'après vous, elle connaissait son partenaire ?

— Comment expliquer sinon qu'elle se soit livrée ainsi ?

Désormais, les deux yeux du commissaire sont ouverts.

— Qui avez-vous interrogé ce matin ?

— Adrien Rosquen, c'est un des écrivains importants de la maison d'édition. Son coauteur et lui assurent une bonne part des revenus de l'entreprise. Et d'après le témoignage des collègues de Clarisse, ils étaient en négociation serrée pour le renouvellement de leur contrat.

— Ça ne justifie pas un crime.

— Selon certains, ils voulaient changer de crémerie, mais Clarisse avait un dossier sur l'un d'eux. Lequel, je ne sais pas.

Le commissaire secoue la tête.

— C'est s'embarquer dans un esquif qui prend l'eau. On n'atteindra pas les rivages du Palais de justice avec ça.

Béatrice sourit. Le goût de Baluard pour les métaphores filées est légendaire dans la maison.

— Avec une rumeur, non. En revanche, avec un nœud...

Elle pose sur le bureau deux photocopies. Sur la première on voit l'image d'un échafaud dressé avec un homme cagoulé qui noue une corde.

— C'est un bourreau, au XVIIIᵉ siècle, à l'époque où on pendait encore les condamnés à mort. Il est en train de préparer le nœud coulant qui va étrangler sa victime. Et voilà à quoi ressemble ce fameux nœud de la mort.

Elle tend la seconde photocopie. Une gravure où l'on voit reproduits les gestes successifs pour réaliser un nœud coulant. Une notice détaillée de la mise à mort par strangulation.

— Seul le bourreau avait le droit de faire ce nœud, parce qu'on pouvait le réaliser de deux manières. Soit pour obtenir une mort rapide en brisant d'un coup les vertèbres cervicales, soit une mort lente par asphyxie progressive.

— Mais pourquoi deux nœuds ?

— Pour faire jouer la concurrence.

Cette fois, le commissaire a vraiment l'air surpris. Plus de jeu de paupière, plus de métaphore cousue de fil blanc.

— La mise à mort était mise aux enchères entre la famille du condamné et celle de sa victime. Mort brusque réclamée par les premiers, mort au ralenti exigée par les seconds. La meilleure offre l'emportait.

— Je vois que vous avez fouillé votre sujet, Béatrice, mais quel est le lien, si j'ose dire, avec notre affaire ?

— Ce livre.

Béatrice Gantzer pose sur la table un volume dont la couverture bleu nuit ressemble à un ciel d'orage.

— C'est un des best-sellers de nos auteurs et ce qui est troublant, c'est que... page 357, on retrouve la description précise de ce nœud coulant, le même qui a abrégé l'existence de leur éditrice.

— Alors c'est pour ça que vous avez convoqué Rosquen, mais pourquoi lui et pas l'autre, Giletti ?

— Leurs livres ont une particularité : ils alternent des chapitres qui se passent à l'époque contemporaine avec d'autres, plus historiques. Deux bouquins en un, en somme. Et c'est Rosquen qui écrit les parties historiques.

— Il a un alibi pour la soirée du crime ?

— Oui, il était avec son coauteur.

Le commissaire bat de la paupière droite.

— Évidemment. Eh bien, il ne vous reste plus qu'une chose à faire.

— Oui, interroger Giletti.

Commissariat du 5ᵉ arrondissement
Salle d'interrogatoire

La voix de l'écrivain vient brusquement de monter d'un ton.

— Vous nous suspectez au seul motif que Clarisse a été étranglée de la même façon que dans notre dernier bouquin, c'est une plaisanterie ?

Le lieutenant Gantzer hausse les épaules et tapote sur son ordinateur portable.

— Monsieur Giletti, je me contente de poser des

questions pour le moment. Avouez quand même que la coïncidence est surprenante.

L'écrivain soupire.

— N'importe qui ayant lu notre livre pouvait reproduire cette scène. Si on avait voulu assassiner Clarisse, nous n'aurions pas été assez stupides pour faire porter les soupçons sur nous. Franchement… Ce serait vraiment imbécile, non ?

La jeune femme jauge l'auteur sans broncher. Giletti semble plus communicatif que Rosquen. Trop peut-être.

— C'est quand même pratique ce double alibi, non ? réplique-t-elle d'une voix douce.

— Allez droit au but, lieutenant. Vous me ferez gagner du temps.

— À votre aise. Le soir du meurtre, vous avez donc passé la soirée avec votre collègue pour travailler sur votre prochain ouvrage. Une histoire de manuscrit alchimique perdu. C'est bien ça ?

Subitement le visage de l'auteur s'illumine.

— Oui, un traité du XVIᵉ siècle, le *Splendor ex tenebris*. Vous connaissez l'alchimie, lieutenant ? Un univers envoûtant et poétique, truffé de symboles énigmatiques. Il ne s'agissait pas seulement de transformer l'or en plomb, l'adepte devait…

Le lieutenant Gantzer lève la main pour l'interrompre.

— Je ne suis pas là pour prendre un cours d'alchimie, monsieur Giletti. Confirmez-vous, oui ou non, avoir passé la soirée avec Rosquen ?

L'écrivain se rembrunit. S'il a l'habitude de décrire des interrogatoires, il supporte mal de se voir, à son tour, interrogé.

— Bien sûr ! Si vous ne me croyez pas, vous

n'avez qu'à récupérer les géolocalisations de nos portables. Vous verrez qu'elles sont identiques.

— C'est déjà fait, mais ça ne prouve rien. Et vous le savez très bien.

L'écrivain se masse les tempes d'un air las, puis se redresse.

— Écoutez, quitte à suspecter des auteurs, vous devriez plutôt chercher du côté de ceux qui avaient une dent contre Clarisse. Et il y en avait un tas dans son écurie.

— Pourquoi ?

— Pourquoi déteste-t-on son éditeur ? Ah ah ah... Vaste sujet. Au début il vous promet l'extase, vous susurre que votre manuscrit est extraordinaire, que les critiques littéraires vont fondre comme beurre au soleil. Et puis, l'auteur naïf et vaniteux découvre que son livre n'est tiré qu'à deux mille exemplaires, que l'attachée de presse en est à sa troisième dépression consécutive au silence assourdissant des journalistes... j'en passe et des meilleures... Clarisse a fait miroiter trop de merveilles à ses poulains.

Le lieutenant Gantzer hausse un sourcil.

— Ce n'est pas votre cas. Si j'ai bien lu les chiffres, vous avez vendu plus de deux millions d'exemplaires de votre série en dix ans.

— Oui, du moins pour les ventes, mais je n'ose évoquer devant vous la minceur remarquable de notre revue de presse. Nos thrillers ne passionnent guère les critiques.

Pour la première fois, la policière esquisse un sourire.

— N'exagérez pas. J'ai déjà lu des articles dans

la presse sur vos romans et entendu des interviews à la radio.

Giletti sourit à son tour.

— J'ai prononcé le mot minceur, pas anorexie !

Il soupire, puis reprend d'une voix plus posée.

— Pour revenir à Clarisse, je vous assure que nous allons la regretter. En toute franchise, elle était à l'origine de notre succès. Elle avait un vrai don pour tirer le meilleur parti de notre duo.

Béatrice Gantzer hoche la tête d'un air entendu, laisse passer un court silence, puis pose ses coudes sur la table en accrochant le regard de l'écrivain.

— Vraiment... Alors, pourquoi vouloir la quitter pour un autre éditeur ?

Giletti se raidit.

— Je... Je ne comprends pas.

Le regard du lieutenant se pose sur son ordinateur portable.

— J'ai sous les yeux plusieurs mails dans lesquels Clarisse explique à son avocat votre intention de rompre les trois derniers contrats qui vous liaient à elle.

— C'est très exagéré. Disons plutôt que nous étions en train d'étudier la question. Cela arrive souvent dans le monde de l'édition, mais tout finit par un arrangement.

— Ce n'est pas ce qu'elle explique. Je cite : « *L'absence de publications du duo sur les trois prochaines années s'élèvera à un trou net de trois millions d'euros. Autant dire que je mets la clef sous la porte. Dans ces conditions, il est hors de question de négocier quoi que ce soit. Les contrats ont été signés et ils seront honorés ! J'irai au procès s'il le faut et je poserai un référé pour interdire leurs livres si Grambier les publie.*

J'ai appris qu'il leur avait offert le double d'à-valoir et augmenté leur pourcentage sur les ventes. »

L'écrivain affiche un air de compassion feinte.

— Navrant… Mais, c'est le principe de l'auteur vache à lait. Il rapporte à l'éditeur de quoi publier d'autres auteurs censés devenir de nouvelles vaches bien grasses. Et puis un jour, il en a assez et va chercher une nouvelle étable.

— Un peu excessif comme analyse, non ?

Giletti émet un fin sourire.

— Exact, mais ça fait du bien d'être excessif. Vous avez raison, il existe aussi des éditeurs de valeur.

— On est quand même loin d'une ambition littéraire en ce qui concerne feu votre éditrice…

— L'un n'empêche pas l'autre, lieutenant, réplique l'écrivain d'une voix acidulée. Prenez l'exemple de Tristan Lestival, un jeune auteur prometteur découvert par Clarisse. Il ne vend pas beaucoup, mais, contrairement aux autres plumitifs de l'entreprise, elle mise sur lui pour un futur Goncourt ou Renaudot. À juste titre d'ailleurs, car il a du talent. Elle le paye avec ce que nous lui rapportons. Si un jour prochain le petit Tristan obtient le Goncourt, tout le monde se remémorera feu son éditrice, et personne ne saura que ce sont nos ventes qui auront permis de le faire tenir. Et Lestival, qui méprise notre production, sera bien le dernier à le reconnaître.

Giletti vient à peine de terminer que la porte de la salle d'interrogatoire s'ouvre. Un policier entre dans la salle et se penche vers le lieutenant. Il lui murmure quelque chose à l'oreille. Elle hoche la tête. Son visage se fait plus dur.

— On vient de m'avertir que l'on a trouvé des traces d'ADN d'Adrien Rosquen dans l'appartement de votre éditrice.

L'écrivain ouvre de grands yeux interloqués. La policière sort l'épée du fourreau.

— Vous avez deux options, monsieur Giletti. Soit vous persistez dans votre déclaration et je vous mets en examen pour complicité de meurtre, soit vous me dites toute la vérité sur l'emploi du temps de votre ami.

Il s'écoule quelques minutes. Glacées.

— Je... Enfin...

— Soyez précis dans l'usage de votre vocabulaire. Vous savez très bien le faire dans vos romans. Dépêchez-vous. Je serais ravie de vous expédier tous les deux dans une cellule, à Fresnes. Et pas forcément dans le quartier VIP.

Giletti déglutit. Son assurance se liquéfie à vue d'œil. La policière frappe la table de la paume de ses doigts jaunis.

— Je vous écoute !

Il lève un regard angoissé vers elle.

— Adrien était bien avec moi ce soir-là. Sauf que... il est parti deux heures plus tôt.

— Très bien, nous allons refaire une déposition. Cette fois, n'omettez aucun détail. Pourquoi avoir menti ?

— Quand il a appris le meurtre de Clarisse, Adrien a pris peur, il était passé la voir pour la convaincre de nous laisser partir. L'entrevue s'était très mal passée. Elle a hurlé, elle ne voulait rien entendre.

— Et vous l'avez couvert...

L'écrivain se tortille sur sa chaise.

— Couvert n'est pas le mot... Je suis certain qu'il ne l'a pas tuée. On se connaît depuis l'âge de quinze ans. On est comme des frères. Il est incapable de faire du mal à quelqu'un. C'est mon ami !

— Les assassins ont toujours des amis... J'ai lu certains de ses passages, les scènes de torture sont remarquables de justesse, vous ne trouvez pas ?

Le visage de Giletti s'empourpre.

— Et alors ! Vous avez lu la production policière de ces dernières années ? Ça regorge de meurtres sanglants, de viols, de pédophilie, de serial killers tous plus abjects les uns que les autres. Ce n'est plus une librairie, c'est une boucherie, un abattoir à livre ouvert ! Et les lecteurs en redemandent. À côté, nos thrillers font presque figure de contes de fées. Vous croyez pour autant que les auteurs sont des criminels en puissance ?

— Je ne crois rien, cher monsieur, je collecte les faits. J'ai un suspect avec des traces d'ADN, *qui n'a plus d'alibi* et avec un mobile qui tient la route. Clarisse vivante, vous ne pouviez changer d'éditeur. Quant à vous, je laisse en suspens vos mensonges, pour l'instant. Vous pouvez partir, mais interdiction absolue de quitter Paris.

Giletti se lève, le visage fatigué et tendu.

— Jamais je n'abandonnerai mon ami, sachez-le.

__Reuters__. L'écrivain Adrien Rosquen a été mis en examen et incarcéré pour le meurtre de l'éditrice Clarisse Nerva. Remis en liberté, son ami Pierre Giletti affirme que c'est un coup monté.

Prison de Fresnes
Parloir

Je regarde Pierre s'approcher à pas lents, son petit sourire navré coincé aux creux des lèvres. Il s'installe sur la chaise derrière la plaque de verre qui nous sépare et décroche le téléphone mural. Il fait semblant de ne pas remarquer mon regard glacial. Deux semaines de prison m'ont mis les nerfs à vif.

— Comment vas-tu, Adrien ? demande-t-il ému.

— Bien merci, réponds-je d'une voix le plus neutre possible.

Pas une once d'ironie, pas un soupçon de tristesse. Rien. Une neutralité de granit, sans aspérité. Avec le temps, j'ai appris à jouer de cette neutralité. Elle déstabilise bien plus que la colère ou le mépris. Et les flics qui nous écoutent n'auront pas le plaisir de m'entendre gémir.

— Je t'ai pris le meilleur avocat. Il va te sortir de là, murmure mon coauteur d'une voix qui se veut enjouée.

Je hoche la tête sans répondre. Le vide.

Il s'approche de la paroi et plante son regard de chien battu dans le mien.

— Je voulais te dire… J'ai été obligé de leur avouer pour la soirée. Elle pouvait me faire tomber moi aussi et puis… je te suis plus utile dehors. Tu comprends, j'espère ?

— Bien sûr, Pierre, m'entends-je répondre avec calme dans le combiné. L'amitié est comme la vie, elle a ses limites.

Il baisse les yeux et chuchote :

— Je sais que tu m'en veux, mais crois-moi on

va remuer la terre entière. En plus de l'avocat, j'ai mis un enquêteur privé sur le coup.

Cette fois, il est temps d'arrêter cette comédie saumâtre de l'amitié.

— Défalque ses frais sur nos contrats d'édition. Je m'en voudrais de te faire perdre de l'argent.

Il recule, comme s'il venait de recevoir une gifle, et tente de sourire.

— Écoute, j'ai une bonne nouvelle qui va te remonter le moral. L'affaire a fait exploser nos ventes. On est passés numéro un devant Musso, Levy et Legardinier. Je suis invité, la semaine prochaine, à la Grande Librairie pour parler de notre duo. *Télérama* et *Le Monde* veulent une interview exclusive. On ne parle que de nous.

Je m'entends répliquer sèchement :

— Magnifique. Il faut donc passer à la rubrique faits divers pour ne plus être snobé. J'en apprends tous les jours…

— Mais…

Ma main se crispe sur le combiné, je me lève lentement et mon masque de neutralité fond sous la colère prête à exploser. Le gardien posté derrière moi se rapproche aussitôt.

— J'en suis ravi pour toi. Envoie-moi des bouquins, je vais les dédicacer à nos nouveaux amis de cellule.

— Dis pas de conneries, Adrien.

— Ça suffit. Tu m'as trahi. Et dire que dans le duo, c'était moi qui passais toujours pour l'enfoiré de service. Au fait, ça va se régler comment pour mes droits d'auteur ?

— Euh, je me suis renseigné. Il faut attendre le procès. Ils seront bloqués sur un compte séquestre, mais tu peux en faire bénéficier ton fils si tu le souhaites.

— Merveilleux. Bonne journée, connard.

Je raccroche et tourne les talons.

Palais de justice de Paris

On m'enlève les menottes et je me retrouve dans une pièce encore plus lugubre que celle de mon premier interrogatoire. Pantzer est déjà assise, son regard est différent. Quelque chose vient de changer.

— Comment allez-vous ?

— À votre avis ?

Je n'aime pas sa politesse. Elle masque un défaut de la cuirasse.

— J'ai une nouvelle importante à vous communiquer. Vous connaissez Tristan Lestival ?

— Oui, le petit protégé de Clarisse. Pourquoi ?

— On l'a retrouvé, ce matin, pendu à son domicile. Il a laissé un message dans lequel il s'accuse de son meurtre.

Mon cœur s'accélère, mais je ne laisse rien paraître. Je ne veux pas qu'elle en tire parti. Elle reprend :

— On a retrouvé chez lui tout un attirail de cordes et des carnets intimes où il évoque sa passion du bondage. C'était, semble-t-il, le thème de son prochain roman. De plus, nous avons identifié de nombreuses traces de son ADN au domicile de votre éditrice. Ils étaient amants.

— La littérature vient de perdre un grand talent, réponds-je froidement.

— Je suis sincèrement désolée pour ces deux semaines de privation de liberté. Votre avocat est dans l'autre pièce avec le juge. Mais avant, je tenais à vous présenter mes excuses en privé.

— Je suis libre ?

— Oui, quelques formalités à régler et vous serez chez vous dans une heure. Il va y avoir des journalistes à la sortie du tribunal, si vous le souhaitez, on peut vous exfiltrer par une autre porte.

Je souris.

— Vous plaisantez. Question médias, j'ai du retard sur mon coauteur.

— J'ai cru comprendre que le courant ne passait plus entre vous.

Je souris intérieurement, ces enfoirés ont bien écouté notre conversation au parloir.

— Croyez-moi ou pas, votre ami a tenu jusqu'au bout avant de vous lâcher. J'ai dû le menacer de le mettre en examen pour complicité d'assassinat avant qu'il ne parle…

— Sans le savoir, vous m'avez rendu un grand service. J'ai mesuré la profondeur de notre amitié. L'équivalent du fond d'un demi-verre d'eau

— Vous allez continuer d'écrire avec lui ?

— Vous croyez que l'on va détruire ce que l'on a bâti ?

JT de 20 heures

Interrogé en direct, Adrien Rosquen, très ému, est revenu sur son séjour en prison et sur l'incroyable rebondissement qui a permis sa libération. Il annonce un nouveau roman chez son nouvel éditeur, pour la fin de l'année, en collaboration avec Pierre Giletti.

Ce ne sera pas un thriller, mais un polar psychologique inspiré du meurtre de son éditrice.

Corse
Porto-Vecchio

Un soleil de feu irradie la villa de pierre blanche qui surplombe la plage de Palombaggia. Adrien remonte lentement les marches de la piscine creusée dans la pierre grise. L'eau fraîche qui dégouline de son corps le protège à peine du feu du ciel.

— Les coups de soleil sont traîtres ici, même en septembre, fais attention.

Une voix masculine sort d'un transat dissimulé sous un parasol de paille. Adrien rejoint son coauteur qui tapote sur un portable.

— Quel être exquis, ce nouvel éditeur ! reprend Giletti. Non seulement il nous paye ce superbe hôtel, mais il nous autorise deux mois supplémentaires pour la remise du manuscrit.

— Ça nous change de Clarisse...

— Paix à son âme.

Rosquen s'affale sur le transat voisin tout en fixant une ravissante blonde en bikini qui vient de s'installer au bar de la piscine. Elle lit leur dernier livre et n'a pas cessé de leur envoyer des sourires déjà complices.

Giletti repose son ordinateur et intercepte le regard de son coauteur.

— Je ne peux m'empêcher d'avoir une pensée émue pour ce pauvre Lestival, dit Adrien, fasciné par le minimalisme du maillot de la fille. Il n'aura jamais son Goncourt.

— C'est bien triste en effet, réplique Giletti. Heureusement qu'il ne pesait pas lourd, sinon ça n'aurait pas été évident de le suspendre.

Rosquen secoue la tête.

— Parce que tu crois que ça a été facile d'entortiller Clarisse avec la corde ?

— Un mort partout. Égalité !

Adrien bougonne.

— Pas vraiment, non… C'est quand même moi qui suis allé en taule pendant que tu te pavanais devant les journalistes.

Giletti éclate de rire.

— On l'a joué à pile ou face.

— Tu sais que je n'ai jamais de chance de ce côté-là, enfoiré… Au fait, tu peux me révéler comment tu as appris qu'elle et Tristan s'envoyaient en l'air ?

Giletti aperçoit le serveur qui arrive avec leurs commandes, il semble perdu. Il agite la main, puis se tourne vers son ami.

— Au Cardinal, la boîte de nuit de Brive, pendant le salon. Il ne tenait pas l'alcool et s'est lâché. Il avait dédicacé trois malheureux bouquins dans toute la journée. Il ne comprenait pas notre succès, et fulminait contre notre prose. J'ai failli lui envoyer mon poing dans la figure. Clarisse s'est interposée pour éviter le clash. C'est là que j'ai compris.

Le garçon leur présente un plateau sur lequel sont posés deux verres globuleux remplis d'un liquide multicolore et de gros morceaux de fruits.

Rosquen lève son verre au soleil.

— Au succès !

— Et à l'amitié !

Au moment où ils entrechoquent leurs verres, trois silhouettes surgissent devant eux. Elles ne sont pas en maillot. Les deux auteurs reconnaissent aussitôt la femme qui se dresse dans le soleil, les mains sur la taille. Deux gendarmes l'encadrent. Elle tient un micro capteur dans la main.

La voix goguenarde du lieutenant Gantzer jaillit dans l'air embaumé de Corse :

— Auriez-vous l'obligeance de m'accompagner à la gendarmerie ? Et ce n'est pas pour dédicacer votre dernier best-seller.

Karine GIEBEL

L'Escalier

Maman n'a toujours pas fait refaire les clefs de l'appartement. Ça fait six mois qu'elle a perdu son trousseau et *emprunté* le mien. Elle dit qu'elle n'a pas le temps ; c'est sans doute vrai, mais moi, je me demande si c'est pas plutôt parce que c'est une clef sophistiquée et qui coûte cher.

Alors, ça fait six mois qu'après l'école, j'attends sur le palier. Je m'assois sur la dernière marche de l'escalier, je prends un livre dans mon sac et lis pendant une heure ou deux. Parfois, c'est plus longtemps encore. Alima, ma mère, ne rentre pas avant 19 heures et mon père, c'est encore plus tard. Il ne travaille pas ; pourtant, il passe ses journées dehors. Il cherche du boulot, c'est ce qu'il prétend. Je sais que c'est faux. Au début, il a essayé, j'en suis certain. Mais ça fait un moment qu'il a laissé tomber.

Tandis que je suis dans l'escalier, je regarde les gens rentrer chez eux. Certains me disent bonjour, d'autres non. Mais depuis six mois, aucun voisin ne m'a demandé ce que je faisais sur le palier.

Chaque jour, vers 17 h 30, je vois arriver Madame Thibault avec son cabas. Elle revient de la petite supérette qui fait l'angle et monte lentement les marches. Elle me passe à côté sans un mot. Moi, chaque soir, je lui dis bonjour, mais c'est comme si elle ne m'entendait pas. Je crois qu'elle ne m'aime pas beaucoup. Moi ou ma couleur de peau, je ne sais pas trop… Ou alors, elle est simplement sourde.

Madame Thibault, elle a au moins quatre-vingt-cinq ans et du mal à grimper jusqu'au deuxième. Je me dis qu'elle devrait déménager et se trouver un appartement au rez-de-chaussée. Mais après tout, c'est son problème. Elle habite au même étage que nous et je la croise depuis des années. Je la croise, mais je ne la connais pas.

Ce soir, j'ai beaucoup de devoirs. Madame Lenoir, la maîtresse, nous a gâtés. Alors, je décide de commencer avant l'arrivée de ma mère. Je pose mon cahier sur mes genoux et ma trousse sur la marche, juste à côté de moi. Toutes les trois minutes, il faut que je me lève pour aller rallumer la lumière… Pas facile d'apprendre une poésie dans ces conditions. Pas facile non plus de faire mes exercices de maths. Madame Lenoir va encore dire que j'écris comme un cochon. Je voudrais bien l'y voir ! Qu'elle essaie d'écrire dans la pénombre avec le cahier sur les genoux…

À 17 h 30, madame Thibault arrive. Comme chaque fois, elle ne répond pas à mon bonjour. Il faudra que j'essaie avec un bonsoir. Ça marchera peut-être.

Un peu après 19 heures, ma mère apparaît enfin et je peux entrer chez nous. C'est un petit appartement avec une seule chambre, celle de mes parents. Moi, je dors dans le salon, sur un lit pliant.

Je n'ai pas de bureau, encore moins d'ordinateur. Mes copains, à l'école, se foutent de moi parce que je n'ai ni portable, ni Internet. Mes parents sont pauvres et parfois, je les déteste pour ça. Simplement pour ça... C'est stupide et injuste, je sais. Parce qu'on ne choisit pas d'être pauvre et que mes parents auraient sans doute préféré se vautrer dans le luxe et se la couler douce. Alors, quand ces mauvaises pensées m'envahissent la tête, j'embrasse ma mère un peu plus fort, comme pour me faire pardonner cette faute qu'elle ignore.

Je dors donc dans le salon et fais mes devoirs dans l'escalier ou sur la table de cuisine. Ma mère essaie de m'aider, entre deux corvées ménagères. Mais elle a du mal vu qu'elle n'a jamais eu la chance d'aller à l'école, comme elle le répète si souvent. Parfois, je me demande si c'est vraiment une chance. Mais si elle le dit, c'est que ça doit être vrai. Car, je dois bien le reconnaître, ma mère a souvent raison.

Avec mon cahier de maths, je m'installe à la cuisine tandis que maman se met à préparer le repas du soir. Je vois bien qu'elle est fatiguée. Il faut dire qu'elle travaille dur. Elle passe ses journées à astiquer les appartements des autres en plus du nôtre. Elle a plusieurs employeurs, bosse chaque jour dans un endroit différent. Mais le pire, c'est qu'elle a accepté d'aller faire le ménage chez les parents de Gabin, l'un de mes camarades. L'an dernier déjà, il me regardait de haut. Il m'appelait le Négro. Alors maintenant... Maintenant, je suis le fils de la bonniche. Voilà mon nouveau surnom. La maîtresse l'a entendu m'appeler ainsi et l'a puni. Depuis, ma situation s'est aggravée et Gabin m'en fait voir de toutes les couleurs. Je sais qu'elle voulait bien faire, mais elle aurait mieux fait de rester tranquille !

Il est plus de 20 heures quand mon père rentre enfin. La table est mise, la télé allumée, tout va bien. Mon père s'assoit et ne dit rien. Il ne parle pas beaucoup, il faut dire. Du coup, le petit écran capte toute notre attention. Au moment du dessert, il y a les publicités. Je les connais presque par cœur à force de les voir. Toutes ces choses qui ont l'air délicieuses, pratiques, ou carrément luxueuses. Les voitures qui se garent toutes seules, les téléphones qui prennent des photos, les crèmes qui effacent les rides, le riz qui cuit plus vite… Je suis hypnotisé par ce monde inaccessible, presque parallèle. Ensuite, tandis que maman débarrasse et fait la vaisselle, mon père prend la télécommande et choisit un film ou un reportage. Alors, ma mère m'ordonne d'aller me brosser les dents et quand je reviens, j'embrasse mes parents et vais me coucher.

Ils éteignent la lumière et baissent le son pour que je puisse m'endormir. Mais la plupart du temps, j'écoute le film. J'ai les paroles, pas les images. C'est un peu frustrant.

En général, vers 22 heures, ma mère part dans la chambre et mon père reste seul face à son écran. Souvent, c'est jusqu'au milieu de la nuit.

Parfois, je ne m'endors pas tant qu'il est là. Peut-être parce que j'espère encore et toujours qu'il va venir près de moi et me parler à voix basse. Me raconter sa journée, me dire qu'il a trouvé du travail.

Mais il ne le fait pas.

Il me tourne le dos et boit son mauvais whisky

en silence. Un soir sur deux, il s'assoupit dans son fauteuil. Sans un bruit, je me lève et éteins la télévision. Puis je le couvre avec un plaid et retourne dans mon lit.

Alors, enfin, je peux dormir.

Je m'appelle Mahdi, j'ai huit ans. Ma mère est née au Mali, mon père en France. Ma mère est noire, mon père blanc comme un cachet d'aspirine. Et moi, je suis l'assemblage des deux. Ça donne une jolie couleur, je trouve.

L'été où nous sommes allés au Mali voir mes tantes, mes cousins et mes cousines, j'ai découvert que là-bas, j'étais un Blanc. Ici, en France, je suis un Noir. La couleur, finalement, c'est peut-être une question de perspective. Et puis, c'est comme la pauvreté, on ne la choisit pas. Alors, on fait avec.

Damien, mon père, est grand et tatoué de partout. Il était militaire en Afrique quand il a rencontré ma mère. Et puis, son contrat a pris fin et ils sont venus s'installer ici, à Paris. Enfin, dans la banlieue. La Grande Couronne, ça s'appelle. À l'armée, ils n'ont plus voulu de lui. Je n'ai jamais su vraiment pourquoi, mais un jour, j'ai entendu ma mère dire que c'est parce qu'il n'était plus apte d'un point de vue psychologique. Je ne sais pas trop ce que ça veut dire. Peut-être que mon père est devenu fou ? Ce dont je suis certain, c'est qu'il est devenu alcoolique. Il a une petite pension qui ne nous suffit pas pour vivre. Tout juste à acheter son whisky à la supérette du coin. Quand il a bu, son regard n'est plus le même. Ses yeux deviennent des marécages sinistres où son regard s'enfonce lentement. Mais ces derniers temps, j'ai tendance à oublier comment est son regard quand il est à jeun. Parce qu'il boit de plus en plus. Maman le lui reproche souvent et mon père fait comme s'il n'entendait rien. Ces critiques glissent sur lui comme l'eau sur la toile cirée de la table de salle à manger.

Comme le whisky dans sa gorge.

Un jour, il n'y a pas si longtemps, j'ai essayé de goûter cette boisson qui semble tant lui plaire. J'ai trouvé ça vraiment dégueulasse et depuis, je le plains d'être obligé de boire ce truc immonde. Parfois aussi, il avale une bouteille de vin. Ça, je n'ai pas goûté, mais comme il dit qu'il préfère le whisky, j'imagine que ça doit être plus mauvais encore.

À l'école, je ne suis pas très bon. Disons que je me débrouille.

Ma mère dit que je pourrais faire mieux, mon père ne dit rien.

*
* *

C'est jeudi, il est 17 heures et je m'installe dans l'escalier. Je lis mon livre quand arrive madame Quantin, celle qui habite au troisième. Elle ramène ses deux filles de l'école et elles me passent toutes devant en criant un bonjour à me perforer les tympans. Au passage, la plus jeune marche sur ma trousse et piétine mon cahier. Madame Lenoir dira encore que je ne sais pas prendre soin de mes affaires... Mais au moins, je n'ai pas à me lever pour rallumer la lumière.

Puis, à 17 h 30, c'est au tour de madame Thibault de rentrer. Essoufflée, elle s'arrête sur le palier inférieur et reprend sa respiration, la main sur la rampe. J'espère qu'elle ne va pas faire un malaise et mourir sous mes yeux innocents. Elle reprend alors sa terrible ascension et je me lève pour la laisser passer.

— *Bonsoir*, madame Thibault, dis-je.

Elle me toise, je lui souris timidement, espérant que ce bonsoir inédit va changer la donne. Mais elle garde le silence et récupère les clefs dans la poche de son manteau à carreaux. Un manteau qui doit avoir au moins le double de mon âge. C'est alors que je la vois vaciller. On dirait qu'il y a un tremblement de terre qu'elle est la seule à sentir. Elle lâche son cabas et plusieurs tomates roulent sur le palier. Puis elle s'appuie contre le mur.

— Ça va ? demandé-je.

Elle rouvre les yeux et me fixe comme si elle me voyait pour la première fois. Alors, je ramasse les tomates et les boîtes de conserve qui se sont échappées de son sac et les remets à l'intérieur. Puis je prends la clef dans sa main pour ouvrir la porte. Je porte le cabas (putain, qu'il est lourd !) jusque dans l'entrée et me retourne vers elle.

— Donnez-moi la main, dis-je en tendant le bras.

Je ne pourrai jamais la retenir si elle s'effondre, mais ce simple appui semble la rassurer et elle parvient à s'asseoir sur une chaise de sa cuisine. Je récupère un verre dans l'égouttoir et le remplis au robinet avant de le poser devant elle.

— Vous voulez que j'appelle quelqu'un ?

Elle fait non, d'un signe de tête et je me demande si elle est muette. En tout cas, elle n'est pas sourde, c'est déjà ça. Elle boit le contenu du verre et me regarde à nouveau.

— Va-t'en, maintenant, dit-elle.

Madame Thibault sait parler. J'aurai appris quelque chose aujourd'hui.

— D'accord.

Je referme la porte et me rassois sur la première marche. Je range mon livre et sors mon cahier de poésie. Je trouve ça chiant, la poésie. Surtout quand ça rime. Dans la vraie vie, rien ne rime, après tout. Je lis les deux premiers vers et tente de les mémoriser. La lumière s'éteint, je soupire.

Soudain, la porte de Madame Thibault s'ouvre et elle apparaît en contre-jour.

— Tu veux venir boire un verre de lait ? me dit-elle.

Je suis tellement étonné que je ne réponds pas. J'hésite, mais elle attend. Alors, je prends mon sac à dos, y fourre vite fait mes affaires et pénètre pour la seconde fois chez elle. Elle se traîne jusqu'à la cuisine, je la suis.

— Assieds-toi, dit-elle.

J'obéis, un peu intimidé.

— Je m'appelle Mahdi.

— Je sais comment tu t'appelles. J'entends assez souvent ta mère qui t'appelle !... Moi, c'est Madeleine.

C'est rassurant, comme prénom. C'est joli et ça donne faim. Elle pose devant moi un grand verre de lait et un pain au chocolat. J'observe chacun de ses gestes et constate que ses mains sont déformées.

— C'est l'arthrite, me dit-elle.

Je fronce les sourcils.

— C'est des rhumatismes qui déforment les articulations, ajoute-t-elle.

Merde, elle lit dans mes pensées ! Mieux vaut

que je ne pense à rien, dans ce cas. Juste à ce délicieux pain au chocolat. Je me demande si elle l'avait acheté pour elle. Évidemment qu'elle l'avait acheté pour elle ! Mais ce soir, c'est moi qui le mange.

— Pourquoi tu restes dans l'escalier tous les jours ? demande Madeleine en se posant sur une chaise.

J'avale ce que j'ai dans la bouche avant de répondre. Ma mère m'a expliqué que c'était plus poli.

— Parce que maman a perdu son trousseau et a pris le mien.

— Et elle ne peut pas te faire refaire un double ?

— Elle n'a pas le temps.

— Et ton goûter ? Elle n'a pas le temps non plus ?

Je hausse les épaules. Une façon d'éluder, de ne pas lui dire qu'un repas en moins, c'est toujours ça de gagné. J'ai terminé mon pain au chocolat, je l'ai trouvé succulent.

— C'était bon, dis-je en souriant.

— Tant mieux, rétorque Madeleine. Bois ton lait... Tu as quel âge, maintenant ?

— Huit ans.

— Tu viens de rentrer au CE2, c'est ça ?

— C'est ça. Vous avez été à l'école, vous ?

Elle me regarde de travers et je me dis que j'aurais mieux fait de la fermer.

— Qu'est-ce que tu aimes ? continue-t-elle. Les mathématiques ou le français ?

Visiblement, dans la tête de Madeleine, on aime soit l'un soit l'autre. Pas les deux. Ou bien ni l'un ni l'autre.

— Je préfère le français. Mais pas trop la poésie.

— Ça viendra, prédit Madeleine.
— Vous êtes sûre ?
— Oui.
— Et pourquoi ?
— Parce que tu as les yeux du poète...

★
★ ★

Ce matin, Madame Lenoir m'a appelé au tableau pour réciter ma poésie. Je la savais par cœur et je n'ai oublié aucun mot. Dans ma tête, j'entendais la voix de Madeleine qui me la lisait, encore et encore. C'était simple. Gravé en moi, quelque part. C'était comme si j'avais le cahier sous les yeux. J'ai eu dix sur dix.

En sortant de l'école, j'ai encore le sourire. Gabin est dehors, il attend son père qui ne va pas tarder. Le père de Gabin est ingénieur en je ne sais pas quoi. Mon père à moi, il dit que les ingénieurs font de longues études pour apprendre à ne rien faire sans que ça se voie. Qu'ils apprennent à brasser du vent. Je me dis que brasser du vent, ce n'est pas si facile. Et je me dis aussi que mon père aurait peut-être préféré brasser du vent que faire la guerre en Afrique.

Ingénieur plutôt que soldat. C'est moins risqué, moins salissant.

Le père de Gabin vient toujours le chercher à la sortie de l'école le vendredi soir, dans une très belle voiture noire. Les autres jours, c'est sa mère, dans une voiture plus petite.

— Hé, le Négro ! Tu diras à ta mère qu'il faut qu'elle lave mes chaussettes !

Il s'esclaffe comme un con, ainsi que toute sa petite bande. J'ai entendu un jour un mec à la télé dire que les enfants sont innocents.

Je crois que ce type n'a jamais vu d'enfants de sa vie.

Je passe devant Gabin sans même le regarder et balance :

— Ça t'empêchera pas de puer des pieds !

Celle-là, je suis allé la chercher loin ! Sans doute pas dans la poésie française, mais loin quand même. Gabin attrape les anses de mon sac et me secoue violemment. Il est plus grand que moi, plus fort aussi.

— Me parle pas comme ça, pédé ! Sinon, je dis à ma mère de renvoyer la bonniche ! Et t'auras plus rien à bouffer !

C'est à ce moment-là que la belle voiture noire arrive. Alors, Gabin me lâche et me fixe avec dédain. Puis il disparaît à l'arrière de la berline dont les vitres sont fumées. La grande classe.

Moi, mon père ne vient jamais me chercher. Il y a longtemps qu'il a vendu notre vieille voiture pour acheter son whisky. Ceci dit, il pourrait venir à pied. Ça me ferait plaisir quand même.

Mais il ne vient jamais.

Quand je m'assois dans l'escalier, il est 17 heures. Cinq minutes plus tard, madame Quantin et ses deux filles montent au troisième. Comme chaque soir, la plus petite s'amuse à piétiner mes affaires avec ses affreuses chaussures vernies. Comme chaque soir, je leur dis bonjour.

Mais ce soir, j'attends 17 h 30 avec impatience. J'attends Madeleine.

Et elle arrive pile à l'heure.

— Bonsoir, dis-je.

Elle me sourit, à peine, avant d'ouvrir la porte de chez elle. Je fais comme si je n'espérais rien.

— Qu'est-ce que tu attends ? me demande-t-elle d'un ton légèrement agacé.

Je me précipite dans son appartement, elle referme derrière moi. Timide encore, je pose mon sac dans la cuisine et m'assois. Le verre de lait, le pain au chocolat.

Ensuite, ce sont les devoirs. Avec Madeleine, ça va tout seul. Elle est pleine d'instruction et de savoir. Avec elle, c'est presque un jeu.

— Tu sais que le diminutif de Madeleine, c'est Maddie ? me dit-elle avec un petit sourire.

J'écarquille les yeux. Pas des yeux de poète, non. Plutôt des yeux d'idiot. Je n'avais pas pensé à ça. Mahdi et Maddie.

— Ta mère ne va pas tarder, dit-elle.

Je range mes affaires tandis qu'elle m'observe avec son regard affûté comme une lame.

— Je vous ai mangé votre pain au chocolat, dis-je comme pour m'excuser.

— Il n'était pas pour moi.

— Ah… Mais celui d'hier ?

— Il n'était pas pour moi non plus. Je l'avais acheté pour toi…

Je fronce les sourcils. Comment pouvait-elle savoir qu'elle allait faire un malaise et que j'allais l'aider ?

— Ça fait plusieurs semaines que j'achète un pain au chocolat tous les soirs, ajoute Madeleine. Mais je n'osais pas te proposer d'entrer… Je pensais que tu dirais non. Que tu te moquerais de moi... Allez va, maintenant.

★
★ ★

— N'écoute pas les imbéciles, me conseille Madeleine. Ce qu'ils disent doit rentrer par ton oreille droite et ressortir par la gauche.

Facile à dire. Ce n'est pas sur elle que Gabin crache son venin à longueur de temps.

Ça fait un mois que chaque soir de la semaine, je passe deux heures chez Madeleine. Deux heures car, désormais, elle s'arrange pour revenir plus tôt de la supérette. En vérité, je ne reste même plus dans l'escalier. Je monte au second et frappe directement à sa porte. Chaque soir, j'ai mon verre de lait et mon pain au chocolat. Chaque soir, j'ai quelqu'un qui s'occupe de moi.

Quelqu'un, rien que pour moi.

Chaque soir, je suis important pour quelqu'un.

— Je vais essayer, dis-je pour lui faire plaisir.

— Tu vas y arriver, corrige Madeleine.

Aujourd'hui, nous avons déserté la cuisine et sommes installés dans le salon ; je regarde autour de moi, ces meubles vieillots mais robustes, ces étagères avec des livres, des tas de livres. Des murs de culture.

Des murs infranchissables.

Pourtant, en un mois, ma moyenne a augmenté. Mes notes se sont envolées.

— Tu as une grand-mère, quelque part ? demande Madeleine.

— Oui... Ici !

— Tu es bête ! grogne-t-elle avec un sourire gêné.

— Et vous ? Vous avez des petits-enfants ?

Le regard de Madeleine se voile et plonge dans un océan de douleur.

— Non, murmure-t-elle.

Je m'approche d'un petit cadre posé sur le bahut. À l'intérieur, une photo en noir et blanc d'un jeune garçon. Il doit avoir mon âge.

— Et lui, c'est qui ?

— C'est l'heure de partir, me dit Madeleine. À demain.

*
* *

Mon père rentre de plus en plus tard, comme s'il craignait que le toit de l'immeuble ne lui tombe sur la tête. Comme s'il voulait nous voir le moins possible.

Maman sait que je suis chez Madeleine entre 17 heures et 19 heures. Elle lui a même préparé un gâteau pour la remercier de s'occuper ainsi de moi. Et du coup, elle ne pense même plus à faire un double de la clef. De toute façon, même si j'avais mon sésame, je continuerais à aller chez Madeleine. Parce que je me sens bien auprès d'elle. On travaille, on s'amuse, on rigole. Mais elle n'a toujours pas voulu me dire qui est le garçon dans le cadre. Je me demande si c'est son fils. Je ne vois pas qui d'autre ça pourrait être. Est-il loin ? Sont-ils fâchés ? Est-il mort ?

Maman sert le repas, papa regarde la télévision. Pourtant, on dirait qu'il ne la voit pas. On dirait que ses yeux sont ailleurs. Ses yeux et sa tête. Je me demande où il peut bien être. Parfois, quand il s'endort, je l'entends rêver. J'aimerais savoir où il va, pourquoi il gémit comme un gosse alors qu'il est un homme si impressionnant. Personne ne songerait à s'opposer à lui tant il est costaud. Alors pourquoi pleure-t-il pendant son sommeil ?

Un jour, peut-être, me dira-t-il ce qu'il a vu ? Ce qui le fait souffrir à ce point. Un jour, peut-être, quand je serai assez grand...

★
★ ★

Je monte l'escalier en courant. J'ai hâte de retrouver Madeleine. Surtout que j'ai une surprise pour elle. Mon bulletin.

Elle n'a pas vu les précédents, ne se rendra peut-être pas compte de l'incroyable évolution de mes notes.

Elle m'attend dans la cuisine, je l'embrasse sur la joue. Patinée par les années, sa peau est douce et chaude. Mon verre de lait et mon pain au chocolat sont déjà prêts. Surexcité, je sors le bulletin de mon sac. Elle sera la première à le voir. Elle me félicite, m'embrasse à nouveau.

— Bravo, Mahdi. Je suis fière de toi !

Je savoure le moment. L'importance que je me donne à cet instant.

— Ça veut dire quoi, les yeux du poète ?

Elle n'a jamais voulu me le dire. Et depuis des mois, je lui pose la question chaque soir. C'est devenu un jeu entre nous.

— Un jour, tu le sauras, dit-elle simplement.

Je soupire, l'air faussement agacé.

Les deux heures que je passe auprès de Madeleine sont les meilleures de la journée. Pourtant, j'adore être avec ma mère. Mais elle est toujours fatiguée, toujours énervée. Toujours à se demander comment finir le mois, comment payer telle ou telle facture. Lorsque je suis avec maman, elle pense à plein de choses sauf à moi. C'est sans doute injuste de dire ça vu que toutes ces choses auxquelles elle pense, c'est pour moi. Pour que j'aie à manger, des vêtements, un avenir.

Mais lorsque je suis avec Madeleine, elle ne pense qu'à moi.

Ce soir, nous finissons les devoirs très vite. Il nous reste encore une heure à partager. Alors, nous jouons aux cartes. Si mes copains de classe me voyaient, ils se foutraient encore de ma gueule. Parce que, au lieu de jouer avec mes potes à *League of Legends*, je passe mon temps libre avec une vieille dame pleine d'arthrite et de manies. Mais de toute façon, quoi que je fasse, mes camarades se foutent de moi. Je suis toujours trop ceci ou pas assez cela. Pourtant, il me semble que je suis à peu près comme les autres, mise à part ma couleur de peau. Et je sais que ce n'est pas elle qui m'empêche d'être accepté. C'est autre chose.

L'autre jour, j'ai demandé à mon père comment on faisait pour se trouver des amis. Il m'a répondu qu'il n'y avait pas de réponse à ma question. Que l'amitié était comme l'amour : une question sans réponse.

— Et toi, papa, tu as des amis ? ai-je demandé.

— J'en ai eu. Mais je n'en ai plus.

— Pourquoi ?

— Parce que je n'ai pas su les garder.

Après ça, il est parti dans son ailleurs et a avalé un grand verre de son ignoble whisky. Et j'ai vu une larme rouler sur sa joue.

— Je n'ai pas su les protéger, a-t-il murmuré.

*
* *

J'ai posé la question à ma mère. Il a fallu que j'insiste. Au début, elle m'a envoyé promener et puis, finalement, elle a fini par répondre. Je l'ai eue à l'usure, comme souvent.

Pourquoi papa boit autant ?

Maman m'a expliqué qu'il avait vécu des choses difficiles quand il était soldat. Qu'il avait vu ses compagnons mourir, juste à côté de lui. Elle m'a dit qu'il était quasiment le seul survivant et qu'il ne s'en était jamais remis. Qu'il se sentait coupable. Qu'il avait vu mourir des enfants, aussi. *Le syndrome post-traumatique*, ça s'appelle. C'est pour ça qu'il a dû quitter l'armée et ça non plus, il ne s'en est jamais remis.

Je lui ai demandé s'il n'y avait pas des docteurs pour le *syndrome post machin* et elle m'a répondu que papa en avait vu plusieurs, mais qu'ils n'étaient sans doute pas doués.

Il est pas loin de minuit et je ne dors pas. Je regarde mon père qui regarde la télévision. La bouteille de whisky est presque vide et maintenant je sais à quoi elle lui sert. Elle lui sert à oublier.

Que le monde est triste.

Que la mort existe.

Sa tête commence à pencher sur le côté. Sans un bruit, je me lève pour éteindre la télévision. Aussitôt, ses paupières se soulèvent et il me fixe dans la pénombre. Alors, je m'approche de lui, embrasse sa joue mal rasée.

— Pourquoi tu ne dors pas ? dit-il d'une drôle de voix.

— Parce que je veille sur toi.

— Va te coucher, Mahdi...

Je prends sa main épaisse dans la mienne. Mon père ne l'a jamais levée sur moi. Heureusement, car il doit avoir une force phénoménale.

— Tu es toujours le meilleur, dis-je.

Je vois briller ses yeux et lui souris. Un peu timide, un peu gauche.

— Tu es le plus fort, papa.

Il se lève à son tour, me ramène jusqu'à mon lit et remonte les draps sur moi. Il m'embrasse sur le front et s'enferme dans la cuisine. L'instant d'après, je l'entends pleurer. Alors, bêtement, je pleure aussi.

*
* *

— Tu sais comment on soigne les blessures qui ne se voient pas ? demandé-je à Madeleine.

— Ce sont les pires, répond mon amie.

Oui, Madeleine est devenue mon amie. La personne à qui je confie mes peurs, mes cauchemars et mes rêves. Mes joies, mes peines, ce qu'il y a au plus profond de moi. Ce que je suis et ce que j'aimerais être.

— Ce sont les pires, répète Madeleine.

— Tu sais pas comment on fait, alors ?

— Non, Mahdi.

— Je crois que mon père, il est tout cassé dedans. Et je sais pas comment le réparer.

Elle me serre contre elle, longtemps. Si longtemps que la nuit tombe.

*
* *

Il a fallu que je demande l'itinéraire au chauffeur du bus. Il a fallu que j'arpente toutes les allées. Et puis enfin, je l'ai trouvée.

La tombe de la famille Thibault.

J'ai eu de la chance, beaucoup de chance même. Elle aurait pu se trouver dans un autre cimetière. Parce que les cimetières, c'est pas ça qui manque par ici. Comme partout, d'ailleurs. Il y a quelques noms sur la stèle, gravés en lettres dorées. Et en face de chacun, un petit médaillon avec une photo. La dernière, c'est monsieur Thibault, sans doute le mari de Madeleine et je découvre qu'il est mort il y a neuf ans. Juste au-dessus, il y a la photo d'un jeune garçon qui sourit. La même photo que dans le cadre de la salle à manger.

Il s'appelait Marc et quand il est mort, il avait sept ans.

C'est jeune, pour quitter ce monde.

— Qu'est-ce que tu fais là, toi ?

Je me retourne et tombe nez à nez avec un homme armé d'une pelle et qui me toise de travers.

— Tu viens pas voler des trucs, non ?

— Non, monsieur. Je venais voir la tombe de Madeleine…

Il fronce les sourcils.

— Madeleine n'est pas encore morte !

— Je sais. La tombe de sa famille en tout cas.

— Tu la connais ?

— Très bien, dis-je. C'est une amie… On habite dans le même immeuble. C'est ma voisine ! Ma grand-mère d'adoption en quelque sorte.

Je suis plutôt fier de ma formulation.

— Ah…

— Il est mort jeune, son fils, continué-je.

L'homme s'appuie sur sa pelle et regarde la stèle à son tour.

— Ça, tu peux le dire…

— Elle vient souvent lui rendre visite ?

— Tous les matins que Dieu fait.

— Vous savez comment ça s'est passé ?

Il me fixe à nouveau bizarrement.

— Elle ose pas m'en parler, ajouté-je. Mais moi, j'aimerais bien l'aider…

— T'es un drôle de gars, toi ! rigole l'homme à la pelle.

— Alors, vous savez ?

— D'après ce qu'elle m'a dit, il est mort dans un accident de voiture et je crois bien que c'est elle qui conduisait…

C'est bizarre, mais je n'arrive pas à imaginer Madeleine au volant d'une voiture. Un peu comme si je voyais la reine d'Angleterre jouer au foot.

— Merci, dis-je en soupirant.

Je le salue et m'éloigne. Aujourd'hui, c'est samedi et donc, je ne vais pas chez Madeleine. Ma mère dit que madame Thibault me *supporte* tous les soirs de la semaine et que je ne dois pas *l'embêter* le week-end. Sauf que ma mère ignore que Madeleine ne me supporte pas.

Elle m'aime.

★
★ ★

Aujourd'hui, pour changer un peu, Madeleine m'a préparé un gâteau au chocolat et j'en avale deux parts.

— Ton camarade t'a encore importuné ? me demande-t-elle.

La formulation me fait sourire. Du Madeleine tout craché. La même question posée par l'un de mes potes donnerait un truc du genre : *Il t'a encore fait chier ce bâtard ?*

Je hausse les épaules. En vérité, pas plus que d'habitude.

— Il m'a traité de *fils de bonniche*.

— Réponds-lui que ta mère est une femme courageuse qui travaille pour élever son enfant du mieux qu'elle peut...

— Si je lui réponds ça, il va bien se marrer !... Si je veux lui clouer le bec, je dois plutôt lui dire d'*aller se faire enculer* !

Outrée, Madeleine écarquille les yeux. Puis, au bout de quelques secondes, elle part dans un grand éclat de rire. Je la suis et nous allons jusqu'aux larmes. Ensuite, nous passons aux devoirs et je me tords les neurones dans tous les sens pour écrire une petite rédaction que madame Lenoir nous a demandé de faire. Le sujet, passionnant, est *un dimanche avec tes parents*. Elle a sans doute oublié qu'un élève sur trois est un enfant de divorcé. Quel tact ! Mais de mon côté, même si mes parents n'ont pas divorcé, je ne peux pas vraiment faire le malin... Que vais-je bien pouvoir lui dire ? *Un dimanche à regarder mon père sombrer.* Ça ferait un bon titre, je pense.

— Invente, me conseille Madeleine. Écris le dimanche idéal, celui dont tu rêves...

— On partirait avec maman, papa et toi à Disneyland, dis-je. Ouais, ça ce serait cool !

— Eh bien imagine qu'on y est allés dimanche dernier tous ensemble, poursuit Madeleine.

— Ben ouais, mais je connais pas Disneyland. Comment je vais faire ?

— Disons alors que nous sommes allés au bord de la mer, continue-t-elle.

— J'ai jamais vu la mer non plus.

Madeleine soupire et se creuse la cervelle. Puis, comme elle ne connaît pas plus Disneyland que moi, elle me raconte la mer. Les plages, le sable, les vagues. Le sel sur la peau, le vent dans les cheveux, les algues sous les pieds. Mon stylo devient léger comme une plume. Quand je le pose, j'ai fait la plus belle rédaction de ma vie.

— Je me demande si un jour mon père m'emmènera au bord de la mer, dis-je. On n'a même pas de voiture !

Instantanément, je regrette d'avoir prononcé ce mot qui, pour Madeleine, doit être terrible.

Pourtant, son visage ne laisse rien paraître. Alors, j'enchaîne :

— Maintenant, chaque soir, quand il s'endort devant la télé, je lui dis qu'il est le plus fort, raconté-je à mon amie.

— Ça doit lui faire plaisir, assure-t-elle.

— Mais peut-être que je devrais lui dire que c'est pas sa faute ? Qu'il faudrait qu'il arrête de se sentir coupable...

Je vois les mains de Madeleine se crisper légèrement. Je pose les miennes dessus et la fixe droit dans les yeux.

— C'est pas ta faute, murmuré-je. Pas ta faute...

Madeleine tourne la tête vers la fenêtre pour me cacher quelques larmes.

— Ça lui ferait plaisir aussi, parvient-elle à dire.

— Raconte, s'il te plaît.

Étonnée, elle me regarde à nouveau.

— De quoi tu parles, Mahdi ?

— Je parle de Marc.

Ses mains se mettent à trembler. J'espère qu'elle ne va pas me jeter dehors...

Elle ne m'a pas jeté dehors. Elle m'a seulement raconté. Ce jour maudit où son enfant est mort sous ses yeux. Ils partaient tous les deux en voiture chez sa sœur. C'était un dimanche. Il faisait beau, il faisait chaud. Madeleine a baissé la vitre et allumé une cigarette. Mais ses doigts l'ont lâchée et la cigarette est tombée sur le siège, entre ses cuisses. Alors, pendant quelques secondes, Madeleine n'a pas regardé la route.

La voiture de devant a freiné, Marc a traversé le pare-brise.

★
★ ★

Je sors de l'école et me mets à courir sur le trottoir. J'ai eu 9 sur 10 à ma rédaction. J'ai hâte de l'annoncer à Madeleine ! Hier, comme chaque soir, je lui ai demandé :

— C'est quoi les yeux du poète ?

Je m'attendais à la réponse habituelle, mais Madeleine a répondu autre chose.

— Avoir les yeux du poète, ça veut dire que tu sais voir et comprendre le monde.

Ça m'a laissé tout bizarre. Et tout fier, aussi.

Je monte les marches deux par deux, pressé d'arriver au deuxième. Sur le palier, j'ouvre mon sac et en sort mon cahier de français. J'ai un plan : je vais faire croire à Madeleine que l'instit' n'a pas aimé notre prose et, ensuite, je vais lui mettre le cahier sous le nez !

Je frappe deux coups à la porte et rentre comme une fusée.

— Bonsoir Maddie ! C'est Mahdi !

Je lâche mon cartable dans l'entrée et me rue dans la cuisine.

Madeleine est là.

Par terre, à côté de la bouteille de lait.

Elle a les yeux ouverts. La bouche aussi, comme si elle cherchait de l'air.

— Maddie ?

Tout mon corps est pétrifié. Sans doute parce qu'il sait déjà ce que mon esprit refuse.

Longtemps, j'ai pleuré. Debout dans l'entrée.

Longtemps, j'ai attendu ma mère, assis dans l'escalier.

Avoir une amie, c'était bien. Et c'est fini.

★
★ ★

Je traîne les pieds dans la cour de récréation.

Ça fait un mois que Maddie m'a abandonné et je n'arrive pas à m'en remettre. Peut-être que moi aussi, je fais un syndrome post-traumatique ?

Maman dit que non, que c'est juste du chagrin.

Maman dit que ça passera, avec le temps.

Papa, lui, ne dit rien.

Je tourne en rond dans la cour de récré, je me sens étranger à ce monde. Je me sens rejeté par lui. Avait-il besoin de me prendre Madeleine ? Qu'est-ce que ça pouvait bien lui faire qu'on passe deux heures ensemble chaque jour ? Ça gênait qui, après tout ?

Gabin ne m'a pas insulté depuis que Maddie est morte. On dirait qu'il sait que ce n'est pas le moment. Alors, il se tient tranquille.

À 17 heures, j'arrive dans l'immeuble. Maman m'a fait refaire les clefs et je pourrais rentrer dans l'appartement. Pourtant, je reste assis dans l'escalier. Comme si j'attendais de voir Madeleine arriver. Je sais qu'elle ne viendra plus, mais j'espère peut-être quelqu'un d'autre.

Quelqu'un qui pourrait être mon ami.

Je ne sais pas si c'est parce que j'ai les yeux du poète, mais ce soir, je vois à quel point le monde est cruel. À quel point il est désert.

Encore plus désert qu'avant.

Et je comprends soudain qu'un ami, ça ne se remplace jamais.

*
* *

J'éteins la télévision, mon père ouvre les yeux.

— Va te coucher, Mahdi. Il est tard...

— C'est pas ta faute, papa.

Je vois l'émotion submerger ses grands yeux noirs.

— C'est pas ta faute.

Mon père se lève et vacille un peu. Puis il me ramène jusqu'au lit. Je me glisse sous les draps et il dépose un baiser sur mon front.

— C'est pas ta faute, papa...

Il prend ma main dans la sienne, la serre si fort qu'il me fait mal.

— Dors bien, mon fils.

*
* *

Aujourd'hui, c'est dimanche et je vais au cimetière poser quelques fleurs sur la tombe de Madeleine. Je crois qu'elle aurait aimé que je le fasse. Des fleurs et un pain au chocolat. Dès que je serai parti, les oiseaux viendront le manger et tiendront compagnie à Madeleine.

Je lui raconte ma semaine et toutes les conneries que je lui disais chaque soir. Je lui raconte que je me suis battu avec Gabin et que j'ai gagné. Je lui dis qu'il n'a plus osé m'insulter ni même m'approcher.

Je doute qu'elle m'entende, mais ça me fait du bien.

— Hier soir, j'ai dit à papa que c'était pas sa faute. Je le lui dirai tous les soirs... Tu penses que ça suffira ?

Je crois que mon père, il est tout cassé dedans. Et je sais pas comment le réparer...

Christian JACQ

Amitiés égyptiennes

Existe-t-il plus grand bonheur que de « trouver des amis avec qui on partage le souffle comme le destin » ?

Cette magnifique évocation de l'amitié est due à un écrivain inconnu, le poète suisse Carl Spitteler, pourtant prix Nobel de littérature en 1919, ce qui relativise la portée des honneurs mondains. Ses mots, néanmoins, restent d'actualité, d'autant plus qu'ils ont été cités par le président chinois Xi Jinping, lors de sa visite officielle en Suisse, en 2017.

Le partage d'un souffle et d'un destin : voilà ce qui fut à l'origine d'une prodigieuse aventure architecturale, voilà la définition d'une amitié immortelle qui prit la forme d'une pyramide à degrés, la première construite en pierre de taille.

Un matin à Saqqara

Chaque lever de soleil est un moment magique, la victoire de la vie sur la mort, la renaissance de la lumière qui, pour les anciens Égyptiens, n'avait rien d'automatique. Grâce aux rites accomplis dans les temples, ce miracle quotidien se renouvelait.

Et lorsqu'on a le privilège de voir le soleil se lever sur la pyramide à degrés de Saqqara, âgée d'environ cinq mille ans, ce miracle prend tout son sens.

Ce miracle, c'est un escalier menant de la terre au ciel et du ciel à la terre. L'âme du pharaon défunt gravit les gigantesques degrés pour retourner dans la lumière dont il est issu, et l'âme de son successeur les descend pour incarner cette même lumière et tenir le gouvernail du bateau de l'humanité.

À quelques kilomètres au sud de la mégapole du Caire, Saqqara est un univers ancré dans le désert. Pas une zone aride et hostile, mais une terre de feu où la mort n'a pas de prise. Les mots de « nécropole », de « tombe » et de « sarcophage », répétés à foison dans les livres sur l'Égypte pharaonique, n'étaient pas ceux des anciens Égyptiens. Eux parlaient de « terre du dieu », de « demeure d'éternité » et de « pourvoyeur de vie ». En grande partie à cause des Grecs, et de la croissance d'une ignorance triomphante, nous pensons à l'envers, prévision d'ailleurs formulée dans les textes égyptiens.

Un matin à Saqqara, c'est l'occasion de remettre les pieds sur une terre sacrée et la tête dans un ciel créateur. Et si le miracle perdure, c'est à deux amis que nous le devons.

Une amitié
en pierre de taille

Il y a plus de cinq millénaires, en Égypte, la guerre des clans s'est éteinte. Un génie a su les réunir pour fonder un pays conçu comme l'union des Deux Terres, celle du Sud, la Haute-Égypte, et celle du Nord, la Basse-Égypte. Les relier est un acte fondamental. Les deux premières dynasties parvinrent à maintenir cette unité, en se reposant sur de solides fondations : une spiritualité lumineuse, d'ordre chamanique, la royauté perçue comme la continuation de l'œuvre divine, des rites initiatiques reliant les hommes aux dieux, des fêtes mettant la population en contact avec ces mêmes dieux, une langue sacrée – les hiéroglyphes, « paroles de Dieu » réservées aux temples –, une économie de réciprocité et de solidarité, l'égalité entre homme et femme, et le respect d'une valeur primordiale, Maât. Maât, le gouvernail de la barque, le socle des statues, la plume rectrice des oiseaux, la vérité, la justesse et la rectitude. Une architecture tant spirituelle que sociale.

En Égypte ancienne, toute pensée qui n'est pas incarnée n'existe pas. Aucune possibilité de dogme et d'idéologie hors sol. Comme ses prédécesseurs, le pharaon Djéser fut initié à sa fonction par les rituels célébrés dans la cité du pilier et du Soleil, Iounou, l'Héliopolis des Grecs. Et la perspective ouverte par le supérieur des ritualistes, « le Grand voyant », lui inspira une idée grandiose. Puisque les Anciens évoquaient un gigantesque escalier vers le ciel, pourquoi ne pas le concrétiser et le rendre visible ?

Encore faut-il le matériau adéquat et le maître d'œuvre capable de le maîtriser. La brique ? Non négligeable, mais insuffisante. Qui pourrait remplir le rôle extraordinaire qu'imagine Djéser ?

Pendant que le pharaon rêve de l'impossible, un jeune homme fabrique des vases de pierre. Une tâche ardue et exigeante. D'abord, l'apprentissage, sous la conduite de maîtres qui n'ont rien d'aimable. Avant de prétendre utiliser des outils, il faut les nettoyer, garder l'atelier propre, obéir sans être servile, sous peine de tâter du bâton qui ouvre « l'oreille qui est sur le dos ».

Étape franchie. Le jeune Imhotep, « Celui qui vient en paix », devient un expert du forage des vases, capable de travailler les pierres les plus dures. À force d'opiniâtreté et de talent, voilà ce fils du peuple élevé au rang de chef d'atelier. Et pas n'importe lequel : l'atelier royal de la capitale, Memphis, « la Balance des deux Terres », où œuvrent les meilleurs artisans, l'élite de la nation.

Deux catégories d'artisans en Égypte ancienne : ceux qui pratiquaient leur métier dans des corporations rigoureusement organisées, et une minorité qui franchissait un palier en étant appelée dans la Demeure de l'or. Là, ils pratiquaient une alchimie, la transformation de la matière en lumière, permettant de rendre les statues vivantes.

C'est dans cette institution, présidée par Pharaon, que Djéser rencontra Imhotep. Et c'est là que naquit une amitié qui fut l'une des plus créatrices de l'aventure humaine.

Le roi discerna en l'architecte l'homme capable

de concrétiser sa vision. Et l'architecte eut à sa disposition tous les moyens dont il n'osait même pas rêver. Encore fallait-il, comme le recommande Mozart, « rester dans l'idée ».

Fabricant de vases, charpentier, Grand de vision, Imhotep reçut le titre extraordinaire de « Frère du roi » et sut rester dans l'idée qui présida à la naissance de la mère-pyramide en pierre de taille, témoignant d'une vie en éternité qui traversa les siècles. Comme l'observait Chateaubriand, les pyramides ont fatigué le temps. Et les anciens Égyptiens considérèrent Imhotep comme « l'inventeur de la pierre », à tel point qu'il fut aussi perçu, au cours de trois millénaires de création architecturale, comme le maître d'œuvre de tous les temples.

Djéser, pharaon ; Imhotep, maître d'œuvre. Deux amis qui partagèrent le même souffle, le temps de leur existence. Et ils créèrent un même destin, sous la forme d'une mère-pyramide, escalier vers le cosmos.

Une amitié célébrée
dans une demeure d'éternité

Parcourir le site de Saqqara, loin d'être entièrement fouillé, est l'occasion de découvrir des « justes de voix » qui reposent dans leurs demeures d'éternité, réparties autour des pyramides. La fonction majeure de ces maisons d'âmes, que les archéologues appellent mastabas (du mot arabe « banquette »), consiste à abriter le *ka*, la puissance créatrice qui anime toute forme de vie, de l'étoile à la pierre en passant par l'animal, le végétal et l'humain.

L'un de ces mastabas de Saqqara est un hymne à l'amitié entre deux hommes, Ni-ânkh-Khnoum, « la vie appartient à Khnoum », et Khnoum-Hotep, « Khnoum est en plénitude ». Qui est ce Khnoum, lien inaltérable entre ces deux amis ? Un dieu à tête de bélier, un créateur qui façonne sur son tour de potier l'ensemble des êtres vivants. Ses deux fidèles tinrent à être associés, pour l'éternité, dans une demeure de vie double où est célébrée, à jamais, leur fraternité en esprit.

Que savons-nous d'eux ? Ils vécurent sous le règne de Niouserrê (2460-2430 environ), et furent des ritualistes officiant dans le temple du souverain où ils célébraient la renaissance quotidienne de la lumière. À côté de cette tâche spirituelle de première importance, ils en exercèrent beaucoup d'autres, très concrètes et non négligeables, dont la direction des manucures du palais. Ces derniers participaient aux exigences de l'hygiène, aspect majeur de l'ancienne civilisation égyptienne.

Les deux amis étaient mariés et avaient des enfants. Franchissant la frontière du trépas grâce aux « formules de connaissance », la famille se réunissait dans l'autre monde ; mais, dans ce mastaba si particulier, aux scènes magnifiques et bien conservées, c'est l'amitié qui est mise au premier plan.

Considérés comme des bienheureux, c'est-à-dire des êtres ayant eu accès de leur vivant à la lumière de l'origine, les deux amis sont assis devant des tables d'offrandes éternellement garnies de milliers de pièces de viande, de milliers de cruches de vin et de bière, de milliers de pains, de milliers de légumes et de fruits, de milliers de vêtements, de milliers de toutes bonnes choses, chaque jour.

C'est ensemble que les deux amis voient, dans leur demeure d'éternité, se dérouler les travaux des champs qu'ils possédaient. Leur personnel engrange des céréales dans des greniers, après avoir formé des meules ; et des bouviers conduisent des bovidés, tandis que les chasseurs ramènent des proies capturées dans le désert.

Les deux amis aimaient à pêcher et à chasser dans les zones marécageuses et humides, au bord du Nil, peuplées d'innombrables oiseaux. Mais l'essentiel de leurs journées était consacré au travail. En tant que scribes, ils avaient le devoir d'inventorier scrupuleusement les richesses produites par leurs domaines et de transmettre les documents au Trésor. Il fallait garantir, notamment, des réserves de nourriture suffisantes, en prévision de crues insuffisantes ou excessives, donc de mauvaises récoltes.

Autres tâches : s'assurer du bon fonctionnement de la boulangerie et de la brasserie, fournissant la base des repas, le pain-bière, complétés par du poisson frais ou séché, de la volaille, de la viande de porc et de bœuf, et des légumes variés.

Les deux amis sont attachés à un autre aspect vital de l'économie : l'artisanat. Responsables de plusieurs ateliers, ils se préoccupent du bien-être des sculpteurs, « ceux qui donnent la vie », des métallurgistes qui effectuent la fusion de l'or, des menuisiers qui fabriquent à la fois le mobilier rituel destiné aux temples et les meubles du quotidien. Parmi leurs œuvres, un objet remarquable : le pilier *djed*,

« stabilité », à savoir l'incarnation symbolique d'Osiris ressuscité.

Et lorsque les deux amis se rendent au chantier naval pour présider à la fabrication d'une barque, ils célèbrent un rite initiatique consistant à rassembler les parties dispersées du corps d'Osiris, assimilées aux parties de l'embarcation.

Scène émouvante : l'accolade rituelle des deux amis, qui partagent le même souffle et le même destin.

L'amitié d'une reine-Pharaon et de son maître d'œuvre

Hatchepsout est la plus célèbre des femmes qui accédèrent à la fonction suprême, celle de Pharaon. Reine et veuve, elle fut d'abord régente du royaume, Thoutmosis III étant trop jeune pour gouverner ; puis, en fonction de l'assentiment du dieu Amon, Hatchepsout monta sur le trône des vivants qu'elle occupa avec bonheur pendant une quinzaine d'années (1498-1483). Comme pour tout pharaon, son programme spirituel, politique et social, se révèle par son nom de règne : « La Règle (Maât) est la puissance créatrice (*ka*) de la lumière divine (Râ). »

Un chef d'État – en l'occurrence une cheffe – peut-il avoir un véritable ami ? Hatchepsout eut cette chance. Parmi les dignitaires, indispensables au bon exercice de l'État, l'un d'eux se détacha : Senenmout, d'origine modeste, comme l'avait été Imhotep, devint, lui aussi, maître d'œuvre et directeur de tous les travaux du roi. Il ne s'agissait pas seulement d'être capable de tracer les plans d'un temple, mais de coordonner tous les chantiers ouverts du nord au sud de l'Égypte.

Senenmout assuma de multiples responsabilités, notamment gérer les indispensables greniers, les champs, le bétail, les jardins et les corporations artisanales. Le pharaon lui accorda sa confiance et ne fut pas déçu.

Non seulement Senenmout fut un administrateur d'une efficacité remarquable, mais encore reçut-il une mission supplémentaire : être le précepteur de la fille du pharaon, la princesse Néférourê. À lui de révéler le secret des hiéroglyphes et de lui apprendre les valeurs fondamentales, surtout le sens de Maât, règle d'harmonie de l'Univers.

Entre Hatchepsout et Senenmout, une amitié inaltérable tout au long du règne, qui se traduisit par l'édification d'un temple à l'architecture très particulière, celui de Deir el-Bahari, sur la rive occidentale de Thèbes.

Des jardins plantés d'arbres à encens, et des terrasses menant au sanctuaire sacré d'Amon, où Hatchepsout célébrait ses mystères. Malgré les destructions, subsistent encore de sublimes portraits de la reine-Pharaon, avec le visage de Hathor, reine des étoiles. Et son ami Senenmout n'est pas absent, tout en se réduisant à un témoignage des plus modestes, sous la forme de dessins cachés le représentant en vénération. Ainsi est-il associé, très humblement, aux rites célébrés dans le sanctuaire.

« Sacré parmi les sacrés (djeser djeserou) », le temple conçu par Hatchepsout et réalisé par son serviteur et ami Senenmout est intimement associé à la montagne thébaine et au secret de la roche. Il offre au visiteur un intense sentiment d'élévation vers le cœur de la falaise, abri de la Mère cosmique.

Partage d'un souffle et d'un destin : telle fut l'amitié de cette souveraine et de ce maître d'œuvre, qui disparurent ensemble de la documentation, avec la prise de pouvoir d'un immense pharaon, Thoutmosis III.

Les deux Amenhotep

Vers 1386 avant J.-C., Amenhotep, « le Caché est en plénitude », troisième du nom, monte sur le trône. L'Égypte est riche et puissante, la Grande Épouse royale, Tiyi, est une femme de tête et de pouvoir, chargée des relations diplomatiques avec les pays étrangers. Le couple bénéficie d'une administration bien rodée et, de plus, ce roi eut la chance de rencontrer un ami exceptionnel, d'une rare qualité et d'une fidélité à toute épreuve, nommé lui aussi Amenhotep.

Fils de Hapou et de la dame Ipou, le jeune Amenhotep, issu d'une famille modeste, eut d'abord une carrière obscure et tranquille, celle d'un scribe travailleur et compétent, considéré comme un expert des textes rituels, véritable disciple du dieu Thot, maître de la connaissance.

L'écho de sa sagesse parvint à la cour, et sa rencontre avec le monarque façonna leur destin commun. Le souverain perçut que cet Amenhotep-là serait à la fois son ami et un grand serviteur de l'État.

Premières épreuves pour Amenhotep fils de Hapou : répartir les jeunes diplômés dans les différents corps de l'administration, garantir la sécurité des frontières, réduire l'insécurité dans les déserts en combattant les Bédouins, les « coureurs des sables » qui attaquaient les caravanes, gérer les opérations commerciales et développer la marine.

Admiratif, le pharaon nomme ce brillant collaborateur chef de tous les travaux du roi et précepteur de sa propre fille. Un remarquable témoignage d'amitié, qui ira encore plus loin. Réintronisé chaque année par un rituel durant plusieurs jours, le pharaon se « rechargeait » ainsi d'énergie ; au terme d'un certain nombre d'années, environ une trentaine, il devait organiser une fête de régénération afin de continuer à remplir la fonction suprême. Et qui Amenhotep III chargea-t-il de préparer cette fête grandiose ? Pas un membre de sa famille, mais son ami Amenhotep fils de Hapou.

Ce dernier n'en resta pas là. Il fit édifier au Soudan deux temples, Soleb et Sedeinga, célébrant le couple royal et sa fête de régénération, indispensable à l'équilibre du pays ; et, devant le dixième pylône de Karnak, il supervisera la mise en place d'une statue géante de vingt mètres, représentant le ka du pharaon.

En l'an 31 de son règne, Amenhotep III accorda à son ami Amenhotep un privilège fabuleux : la construction d'un temple où serait assurée la survie de son propre ka, à l'instar de celui d'un roi ! Et il ne s'agira pas d'une petite chapelle, mais d'un grand édifice, dont il ne subsiste malheureusement que des traces.

Pourtant, Amenhotep fils de Hapou ne disparut

pas de la mémoire des hommes. D'abord, il fut officiellement reconnu comme un intermédiaire entre la population et les dieux, un intercesseur auquel on pouvait adresser des prières ; ensuite, chaman et guérisseur, capable de soulager les maux, il fut vénéré bien au-delà de sa mort.

Souvenons-nous : Imhotep, ami intime et maître d'œuvre d'un pharaon, Djéser ; et voici Amenhotep fils de Hapou, ami intime et maître d'œuvre d'un autre pharaon, Amenhotep III. Or, ces deux sages furent associés comme « saints » et guérisseurs dans une chapelle du temple de Deir el-Bahari, celui de la reine-Pharaon Hatchepsout qui eut elle-même comme ami son maître d'œuvre Senenmout.

Deux amis architectes, Horus et Seth

Deux maîtres d'œuvre de l'époque d'Amenhotep III relatent leur aventure spirituelle et leur amitié dans une stèle conservée au British Museum (n° 826). C'est ensemble qu'ils aiment contempler le lever du soleil, le sculpteur quotidien d'une vie où s'incarne la lumière.

Que nous apprennent-ils sur eux-mêmes ? Qu'ils ont travaillé à l'embellissement de la capitale, Thèbes, qu'ils y ont édifié des monuments, qu'ils y ont pratiqué Maât, la règle d'harmonie, et qu'ils ont refusé le mensonge. L'un a veillé sur l'Occident, l'autre sur l'Orient.

Des jumeaux, des amis, des individus avec une biographie ordinaire ? Plutôt une évocation symbolique de Horus, maître de la Basse-Égypte, celle du Nord, et de Seth, maître de la Haute-Égypte, celle du Sud. Des frères et des amis inséparables dans l'ordre cosmique et pour assurer son reflet sur terre.

Au terme de ce bref parcours de quelques amitiés égyptiennes, une question ne s'impose-t-elle pas : si nous sommes réellement des amis, comment nous construisons-nous l'un par l'autre pour la vie ?

Alexandra LAPIERRE

Pyrolyse

En ce soir de novembre 2017, nous nous retrouvions à treize filles autour de la table. Une tradition.

Depuis nos années de lycée – notre bac datait de trente ans –, nous nous réunissions ainsi tous les ans pour un dîner d'anciennes dans le restaurant de notre amie Claudine. En vérité, nous avions longtemps été quatorze. Et la quatorzième n'était autre que Sophie, l'associée de Claudine, son amie de toujours.

Depuis l'enfance, Claudine et Sophie étaient inséparables. Et déjà à l'époque, leur complicité semblait improbable.

L'eau et le feu.

Le feu, Sophie, dominait l'autre sur tous les plans. Fille de bourgeois, délurée, marrante et séductrice, elle fascinait les garçons. Et dans une moindre mesure, elle fascinait aussi nos professeurs qui tenaient en haute estime ses capacités intellectuelles. Selon eux, le malheur voulait qu'elle fût à la fois trop brillante, trop légère, et trop orgueilleuse pour se donner la peine d'étudier.

Claudine, plus terne et plus travailleuse, tentait de la copier en tout, détruisant au passage ses propres chances de succès. N'ayant pas les facilités de Sophie, elle avait du mal à la suivre et ratait tout ce que l'autre réussissait. Résultat : ses parents, d'un milieu plus modeste que ceux de Sophie, voyaient l'influence de cette dernière d'un très mauvais œil. Mais plus ils tentaient de les séparer, plus Claudine résistait et s'accrochait.

Après leurs mariages respectifs, elles avaient continué à se voir. Aussi, quand Sophie avait divorcé, Claudine lui avait-elle proposé de venir la seconder dans l'achat et la gestion d'un restaurant. Leur association, pour bancale qu'elle pût paraître – Sophie semblait peu douée pour gérer une telle entreprise –, n'avait toutefois surpris personne parmi leurs proches.

Nous sentions bien qu'entre elles, dans les moments de coup de feu, il y avait du tirage. Mais comment échapper à la tension entre collègues, quand on tient un restaurant ? D'autant que l'une s'activait beaucoup plus que l'autre.

La nature nonchalante de Sophie la portait plutôt sur l'accueil des clients que sur la direction d'une équipe. Sur la prise des commandes que sur le service. Et sur les bouquets de fleurs et la décoration murale que sur la cuisine. Bref, elle se concentrait sur l'atmosphère. Claudine, pour sa part, n'avait guère le sens esthétique. Et, avec son air toujours affairé, elle ne faisait pas de ronds de jambe ni beaucoup de manières. Les deux femmes se complétaient.

Une relation sans orage, en dépit des accidents de la vie auxquels elles n'avaient pas échappé. Trente ans d'une indéfectible amitié.

Impossible d'imaginer qu'elles se brouilleraient un jour.

Et pourtant...

Un soir, Sophie disparut du restaurant et de nos réunions. Elle ne donna plus de nouvelles à personne. Rien. Le silence total. Comme cela, brutalement. Sans explication.

Dans notre petit groupe, chacune tenta de la contacter.

Injoignable.

Elle avait changé de portable, son téléphone fixe était aux abonnés absents. Elle ne répondait pas à nos lettres.

Deux d'entre nous étaient même allées jusqu'à appeler son ex-mari. Il était resté vague, bien qu'il semblât informé. Arguant du fait qu'il vivait séparé d'elle depuis des années, il avait prétendu ne pas savoir de ce qu'elle était devenue... Il dit juste que Sophie habitait désormais dans le Sud, avec leur fils et un autre homme.

Nous nous perdions en conjectures... Elle était donc vivante. Mais peut-être malade ?... Nous émettions des hypothèses, toutes plus inquiétantes les unes que les autres.

Claudine, pour sa part, l'avait cherchée avec frénésie, à Paris d'abord, puis en province. Sans succès. Sophie avait pris grand soin de brouiller les pistes.

« Que lui avons-nous fait ? » nous demandions-nous. « Pourquoi a-t-elle voulu couper les ponts d'une façon aussi catégorique ? »

Claudine hochait la tête en signe d'ignorance. Elle arborait une expression angoissée, si perplexe et si triste que nous n'osions insister.

Le premier dîner d'anciennes sans Sophie sembla bizarre. D'autant que les superstitieuses exigèrent qu'on rajoute son couvert pour conjurer le mauvais sort du « Treize à table ». Au fond, nous étions certaines qu'elle débarquerait d'un moment à l'autre.

Mais Sophie ne nous donna plus signe de vie. Et sa disparition nous plongea dans un malaise pénible. Le sujet devint tabou. Seul rappel de son existence : nous continuâmes à mettre la table pour quatorze.

Elle ne siégeait plus avec nous depuis plusieurs années, quand j'osai revenir sur la question et lançai à la cantonade :

— Est-ce que quelqu'un pourrait m'expliquer ce qui s'est passé avec Sophie ?

Les onze autres se tournèrent d'un seul mouvement vers Claudine.

Il faut vous dire qu'à ce stade, Claudine était une matrone d'une cinquantaine d'années qui avait son franc-parler... Très loin de la jeune fille timide et effacée de notre adolescence.

Sa vie n'avait pas été facile. Elle avait dû emprunter pour acheter son restaurant, et travailler comme une brute. Son mari, qui avait possédé une petite entreprise, avait fait faillite avant de tomber malade et de mourir d'un cancer. Elle avait surmonté tous les coups durs. Si elle ne mâchait plus ses mots et ne faisait pas dans la dentelle, j'admirais son énergie, son bon sens, une honnêteté à toute épreuve et une poigne qui lui permettait de diriger ses employés.

Mais ma question avait dû la prendre de court, car elle se tenait figée et restait coite.

Le silence dura un bon moment avant que Danielle renchérisse :

— Vous vous étiez disputées, Sophie et toi ?

— Pas le jour de son départ.

— Mais tu pensais que Sophie n'en fichait pas une rame, n'est-ce pas ?

— Je ne vous ai jamais dit ça.

— C'était évident pour tout le monde.

La conversation que nous n'avions pas eue autrefois devenait générale.

— Sophie était une fille adorable, une artiste...

— Mais complètement folle !

— En tout cas, on ne pouvait pas compter sur elle.

— Entre ses histoires de mecs et ses histoires d'argent, elle faisait n'importe quoi.

— Rappelle-toi le mariage de ton fils ici, Danielle ! Elle était censée s'occuper de la musique, des fleurs et de toute la décoration. Mais quand les invités sont arrivés pour le repas de noces : rien !

— Ce n'était pas bien grave.

— N'empêche que si Claudine n'avait pas assuré derrière ses fourneaux, c'était la catastrophe !

— Je me suis toujours demandé, Claudine, comment tu avais pu travailler avec elle si longtemps... Elle ne t'apportait ni le savoir-faire ni les capitaux, ni même l'énergie.

— Elle était mon amie.

— Et elle en a pris avantage.

— Elle n'avait aucun intérêt à partir. En tout cas, pas si brutalement, en déménageant à la cloche de bois.

— Il a dû arriver quelque chose...

Claudine poussa un soupir :

— À elle, rien. À moi, oui.

— À toi ?

— C'était grave ?

— Cela dépend du point de vue où on se place.

— Tu en dis trop, ou pas assez.

— Vas-y, Claudine !

Je lui tendis une cigarette allumée : nous avions privatisé la salle et elle-même se trouvait dans son restaurant. Elle la prit comme la dernière du condamné, aspira une grande bouffée, renversa la tête en arrière, souffla longuement la fumée vers le plafond… Dans ses gestes, nous reconnûmes toutes le rituel de Sophie. Elle commença.

— Il était une fois…

Nous nous calâmes dans nos chaises.

— …deux perruches qui s'aimaient d'amour tendre.

— Non, mais ne dis pas n'importe quoi !

— Je dis la vérité. Je l'aimais. Il faut que vous vous souveniez de ce qu'avait été notre relation autrefois. J'étais moche, un vrai pot à tabac, quand elle rayonnait de grâce et de beauté. C'était la reine… Elle avait une façon si fière de lever la tête quand elle marchait, prête à conquérir le monde. Je la revois encore dans les soirées, avec son short de velours, grande, mince, et sa frange noire qui lui tombait dans les yeux à la Louise Brooks. Elle avait *tout* pour elle. Le charme, l'intelligence, l'argent… Et elle le savait… Elle savait aussi qu'elle pouvait *tout* gâcher. Une constante chez elle, cette détermination à massacrer sa chance… La preuve : elle, qui était si douée, n'a jamais été fichue de passer son bac ! Nous l'avons préparé ensemble. Elle était prête. Même sans réviser, elle en savait dix fois plus que moi. Mais juste avant les épreuves, elle est tombée amoureuse de ce crétin qui méprisait les études, qui méprisait les parents, qui méprisait les professeurs, et qui l'avait mise au défi de l'épouser, lui, dans les quinze jours. Et de préférence, à l'heure du bac. Plus rien d'autre ne comptait : prouver à ce type qu'elle était capable de lui sacrifier son avenir, son orgueil, tout... Et de lui donner l'acte absurde qu'il lui demandait. Sous sa légèreté, Sophie était une grande romantique. Une passionnée. Je suppose qu'elle se prenait pour la duchesse de Langeais qui renonce à sa position sociale et s'enferme dans un couvent au nom de l'Amour. Le jour des examens, elle ne s'est même pas présentée. Je ne saurais vous dire mon inquiétude devant son absence. J'ai cru qu'il lui était arrivé quelque chose... J'étais tellement angoissée que j'ai complètement foiré ma dissertation et mes maths. Résultat : moi, j'ai raté mon bac et moi, j'ai redoublé. Elle, elle s'est mariée et elle a fait un enfant dans la foulée. Mais ce n'était que le début de sa descente aux enfers. Le jour de nos vingt ans, elle m'a appelée au secours. Elle avait quitté son mec : il la tabassait. Je l'ai récupérée avec son fils Micha et les ai installés dans l'appartement que je partageais en colocation avec Monique et Danielle.

— Tu parles si je m'en souviens : elle y a fichu un bordel ! Mais c'est vrai qu'elle était touchante avec son petit garçon. On fondait devant eux.

— Elle n'avait pas de famille chez qui elle aurait pu habiter ? intervint Martine.

— Ses parents étaient nuls ! Au moment de son mariage, ils l'avaient rayée de la carte. Elle était trop fière pour leur demander asile.

— Peut-être. Mais à l'époque, ni toi ni moi n'avions les moyens de l'entretenir…

— Elle participait au loyer en travaillant dans une boutique de vêtements boulevard Saint-Germain.

— Tu te souviens de cette blague au téléphone que nous lui avons faite ?

— Si je m'en souviens ! s'exclama Claudine. J'en ai encore honte…

— C'était quoi, cette blague ? s'enquit Martine.

— Danielle l'a appelée chez son employeur en se faisant passer pour la commissaire du 6e arrondissement. Elle l'a sommée de rendre immédiatement tous les chandails qu'elle avait volés dans la boutique.

— Et ?

— Nous ignorions que Sophie en avait vraiment piqué… Elle a complètement flippé. Elle est allée voir le propriétaire pour les lui rendre. Du coup, il l'a virée.

— A-t-elle jamais su que c'était une blague ? demandai-je.

— Cette idiote de Claudine est allée le lui dire.

— Je me sentais tellement coupable…

— Tellement coupable que tu as arrêté ta maîtrise pour gagner de l'argent et la sortir de tous les pétrins où elle s'était mise.

— Je ne vais pas me plaindre. C'est comme ça que j'ai commencé ma carrière dans la restauration…

— Tu parles d'une carrière ! Tu étais serveuse dans une crêperie.

— Ça m'a donné de l'expérience. Et puis c'est là que j'ai rencontré Robert.

— Je croyais que ton mari s'appelait Steve ?

— Robert était mon patron. Il possédait toutes les crêperies de la butte Montmartre. Avant que j'épouse son frère, il m'a confié la gérance de l'un de ses établissements... Steve, lui, avait une entreprise de plomberie et nous avons pu employer Sophie pour prendre les rendez-vous.

— Ce fut une bonne recrue ?

— Il y a eu des histoires avec la femme de Robert.

— Sophie s'est tapé ton beau-frère ?

— Il a divorcé pour elle. Mais ça n'a pas marché entre eux.

— Tu ne l'avais pas mis en garde, le malheureux, tu ne lui avais pas dit que notre amie était un désastre ambulant ?

— Ce n'était pas mes oignons. Et nous avions d'autres soucis. L'entreprise de Steve ne marchait pas.

— À cause de Sophie ?

— Non. Elle était très aimable avec les clients. Elle se donnait beaucoup de mal pour leur plaire et obtenir des chantiers. Cela fonctionnait, mais ne suffisait pas... Et elle m'a beaucoup aidée quand je me suis mis en tête de monter ma propre affaire. C'est elle qui a écumé la rue des Abbesses et trouvé ce restaurant.

— Vous vous êtes associées ?

— Disons que je possédais un peu d'argent et que j'ai emprunté le reste.

— Mais elle, qu'a-t-elle apporté dans l'aventure ? insista Danielle.

— Elle connaissait des avocats et des banquiers. N'oubliez pas qu'elle venait d'un milieu huppé et qu'elle avait rencontré la terre entière avant son mariage... Et elle arborait toujours cet orgueilleux port de tête, ce port de reine qui conquiert le monde. Elle avait beau avoir traversé des orages, elle était toujours aussi jolie, aussi avenante, aussi gaie... Elle restait pour tous ces types – les grosses huiles de la Société générale et de la BNP qu'elle m'emmenait rencontrer – l'idéal dont ils avaient rêvé dans leur jeunesse.

— Elle en a dégoté un ?

— Pour la bagatelle. Notre banquier de la Société générale. Mais comme elle ne l'aimait pas, elle l'a largué. Sophie n'avait rien d'une courtisane, elle n'était pas une fille intéressée. Trop fière pour se montrer vénale. Elle avait toutefois ce don : garder ses anciens amants comme copains et confidents. Avec son ami banquier ils ont continué à se voir... Quoi qu'il en soit : il fallait qu'elle fasse bouillir la marmite pour Micha. Le restaurant était notre planche de salut à toutes les deux. L'invraisemblable, c'est que ce fut un succès dès le départ.

— Grâce à toi.

— Je le reconnais. Et je ne vous cacherai pas que mes relations avec elle devinrent compliquées. Quand mon mari l'avait employée comme standardiste, elle ne travaillait pas pour moi. Mais se trouver sous mes ordres était pour elle une autre histoire... J'ai eu le malheur de tenter de lui imposer un minimum de discipline : elle m'en a voulu à mort. Elle contrevenait systématiquement à toutes mes directives. Vous savez combien elle pouvait être rebelle et avoir mauvais esprit. Elle ne supportait pas la moindre observation de ma part. Et chacune de mes consignes lui semblait un camouflet.

— Forcément, vos rapports s'étaient inversés...

Tu oublies combien tu t'étais laissé subjuguer. Tu l'avais mise sur un piédestal et vénérée toute ta vie. Et soudain, à quarante ans, Sophie, la romantique, l'orgueilleuse Sophie, la reine qui t'avait tenue sous son charme jusque-là, trouvait en toi une patronne.

— Elle t'aurait dit que j'étais un tyran ! Elle assimilait mon attitude au despotisme de ses parents, à leurs mesquineries... À tout ce qu'elle détestait au monde. Résultat : je ne pouvais rien lui dire. Elle me faisait presque peur, tant la moindre de mes paroles l'exaspérait. Avec les autres, elle se montrait toujours aussi charmante... Avec moi, c'était l'horreur. Elle ne me supportait plus, et la réciproque devenait vraie... J'avais perdu mon mari. Mes émotions étaient à fleur de peau. Je ne les dominais plus. Le restaurant était ma vie. Et je voulais que son succès se maintienne. Le dilettantisme de Sophie m'ulcérait et je ne me privais plus de le lui dire. Bref, lors d'une dispute particulièrement violente où je lui reprochais son ingratitude et sa paresse, je fis preuve de tout le mépris dont j'étais capable. Je lui rappelai ses échecs... Je lui rappelai même un épisode que j'avais moi-même oublié. L'histoire d'une robe qu'elle m'avait empruntée quand nous avions quinze ans et qu'elle m'avait rendue déchirée. Cette robe était à l'époque la seule dans laquelle je me trouvais jolie : elle me l'avait bousillée. Sans parler des petits amis qu'elle m'avait piqués... Tout y est passé. Le grand déballage. Je vous rassure : elle n'a pas été en reste. Elle m'a décrite comme une fausse gentille qui n'aimait rien tant qu'humilier les autres. Hypocrite. Soif de pouvoir. Un énorme tartuffe qui, sous couvert d'aider les gens, les utilisait.

Croyez-moi, elle n'y a pas été de main morte : les pugilats entre copines dans les séries américaines ne surpasseront jamais les vacheries que nous nous sommes balancées.

— C'est à la suite de cette bataille qu'elle n'est plus revenue ?

— Pas du tout. Notre dispute nous a rendues si malades l'une et l'autre que nous n'avons aspiré qu'à nous pardonner. Cette scène avait eu lieu le dernier vendredi de mai. Le meilleur mois de l'année, celui où nous encaissions le quintuple des mois d'hiver. Le restaurant était resté ouvert le samedi, le dimanche et pendant tous les ponts. Je n'avais pas eu une minute pour déposer la recette à la Société générale. Je comptais le faire dans l'après-midi, mais ma dispute avec Sophie m'obsédait et m'angoissait. Je n'aurais pas le temps de passer à la banque, si je voulais l'attraper à la sortie de l'école de Micha et m'excuser auprès d'elle. J'ai mis tous les billets dans l'une de mes anciennes boîtes en fer, une jolie petite boîte à gâteaux bretons que j'ai cachée dans le four. Et j'ai foncé rejoindre Sophie. En vérité, j'étais bourrelée de remords, je me reprochais ma méchanceté et ne pouvais supporter l'idée de l'avoir blessée. J'allais faire amende honorable, mettre ma brutalité sur le compte de ma fatigue. Mais je suis arrivée trop tard à l'école, et je l'ai manquée. Quand je suis revenue le soir au restaurant, j'ai trouvé la salle étincelante. Sophie avait briqué les casseroles, nettoyé à fond la cuisine, repassé les nappes, astiqué les couverts... Elle avait accompli un travail de Romain. Elle avait même acheté des fleurs, refait les bouquets, remplacé les ampoules. L'argenterie, les verres, les lustres, tout rutilait. J'en fus boule-

versée. Tant de gentillesse, tant d'efforts pour me
demander pardon. Elle était peu manuelle et je
savais qu'elle détestait faire le ménage… Ce travail,
qui vous semblerait facile à toutes, était une grande
preuve d'amitié… Et moi qui l'avais si durement
traitée. J'en avais les larmes aux yeux… Ce ne fut
qu'en retournant dans la cuisine que je vis le témoin
rouge du four… Il était allumé. Je me ruai sur la
porte. Impossible de l'ouvrir. L'autonettoyant était
en cours. J'eus beau secouer la poignée, tourner
les boutons dans tous les sens. Impossible d'arrêter l'opération de pyrolyse. J'apercevais par la vitre
bouillante la boîte en fer pleine de billets… Mes
trois heures d'angoisse devant cette porte verrouillée, vous pouvez les imaginer. Quand le four eut
enfin refroidi, je pus l'ouvrir et sortir la boîte…
J'ôtai le couvercle… Vous ne me croirez pas… Les
billets étaient intacts ! Mais à peine eus-je saisi le
premier qu'il tomba en cendres… les cinq cents
autres étaient dans le même état. L'équivalent d'une
demi-année, parti en poussière ! Et cela parce que
cette incapable avait prétendu nettoyer le four sans
qu'on lui ait rien demandé !

« Quand Sophie reparut le soir, la bouche en
cœur, s'attendant à ce que je lui saute au cou et que
je la remercie, je n'ai rien pu lui dire. Pas un mot
de gratitude. Pas même un sourire. Je fus glaciale.
Elle a pris ma froideur pour une nouvelle insulte…

— Mais tu ne lui as pas raconté ce qui venait
de se passer ?

— Non. J'étais sous le choc… Partagée entre
ma reconnaissance et ma colère. Je lui en voulais
malgré moi. Le désastre était si total… Je savais

que si je lui parlais de la destruction des billets, j'achèverais de l'humilier.

— Donc, elle n'en a rien su ?

— Rien.

— Mais après ? Le lendemain ?

— Je l'avais déjà accusée de m'avoir pourri la vie avec l'histoire de la robe, les types qu'elle m'avait piqués, mon bac raté à cause d'elle, ma maîtrise abandonnée... Je n'allais pas continuer avec les billets de banque ! Je ne voulais pas l'accabler. En même temps, je ne parvenais pas à lui pardonner. C'était l'épisode de trop. Je reconnaissais en mon for intérieur qu'elle n'y était pour rien... Le coup de la pyrolyse, ce n'était pas de sa faute... Impossible pour elle d'imaginer que j'avais planqué la recette dans le four !... J'ai fini par réussir à passer l'incident en pertes et profits, à ranger la boîte, à l'oublier dans un tiroir.

— Mais c'est affreux ! m'exclamai-je... Affreux pour toi... Pour elle. Terrible, tout ce silence ! Tu n'as confié cette histoire à personne ?

— Si. À mon conseiller financier de la Société générale.

— L'ami banquier de Sophie ?

— Oui. Il m'a dit de lui apporter la boîte et de la lui laisser : il connaissait quelqu'un à la Banque de France... Il m'a promis qu'il m'appellerait. Il l'a fait une semaine plus tard pour m'informer que, de par la loi, un billet esquinté dont le numéro est lisible reste valable. Et que la Banque de France se doit de le restituer à l'identique. Les services scientifiques pourraient peut-être identifier mes billets un à un, avant qu'ils se délitent... Quand je suis revenue le voir, vous n'allez pas me croire... Sauf le premier billet, j'ai tout récupéré !

— Incroyable. Magnifique ! Tout est bien qui finit bien ! Il n'y avait plus de problème.

— D'un point de vue pratique, non. Pour le reste...

— Cette fois, tu t'es justifiée auprès de Sophie, tu lui as raconté l'affaire de la pyrolyse.

— On ne se parlait plus depuis des mois. Je ne m'adressais à elle que par monosyllabes. « Oui, non. D'accord. » Pas un mot de plus. Je ne parvenais même pas à rester dans la même pièce. Pire : je la fuyais... Nous avons continué sur ce mode durant six autres mois.

— Sans jamais tenter une explication ?

— Non.

— Elle a dû souffrir le martyre !

— Et quand elle a finalement claqué la porte, je n'ai pas tenté de la retenir. Elle a quitté Paris avec son fils. Et elle a fait en sorte que je perde sa trace.

— Et vous ne vous êtes jamais revues.

— Si.

— Ah bon ? Tu ne nous dis rien ! Quand ? Où ?

— Récemment. Dans la rue, par hasard.

— Elle a cherché à t'éviter ?

— Pas une seconde, elle m'a foncé dessus... quand moi, je ne l'avais même pas reconnue.

— Tu es devenue myope ? plaisanta Danielle.

— Elle avait vieilli. Sur tous les plans. Elle s'est beaucoup négligée. Elle, jadis si obsédée par ses cheveux, ne prend même plus la peine de les teindre... Elle est toute grise. Cependant, je ne l'ai jamais sentie plus sûre d'elle-même. Plus paisible et plus triomphante.

— Qu'est-ce qu'elle t'a dit ?

— Elle m'a demandé comment j'avais trouvé son ami de la Société générale. Je n'ai pas compris. J'étais si émue. Elle a fouillé dans son sac... et elle en a sorti l'objet qui lui servait de porte-monnaie. Elle me l'a brandi sous le nez en faisant cliqueter la monnaie : j'ai reconnu ma boîte de gâteaux bretons, ma boîte en fer que j'avais abandonnée chez le banquier quand il m'avait rendu la liasse. Et là, elle a lancé fièrement : « Je m'étais entendue avec lui pour qu'il m'avance l'argent et qu'il te raconte cette histoire idiote de Banque de France. Ce n'est pas l'État qui t'a remboursée. C'est moi. Moi seule. Jusqu'au dernier billet... J'ai travaillé cinq ans pour éponger ma dette ! Maintenant, Claudine, va te faire foutre ! »

Elle a souri et m'a plantée là.

Marcus MALTE

Bande décimée

Gaby noyé le mois dernier
Dans un étang près de Varennes
Comme un vulgaire braconnier.
Identifié grâce à ses dents –
Son blanc dentier de porcelaine
Mordant la vase – car il souriait.

Avant lui c'était Roméro,
Ombre sur pattes, Indien des toits,
Il a glissé son numéro
À la Grande Pirate du Ciel
Pour qu'elle l'appelle encore une fois.
Et monte-en-l'air un coup de trop.

Et puis Cassis, et puis La Poire.
L'un qui s'évapore par l'éther
Entre les serres de sa mémoire,
L'autre qui fuit de toutes parts,
Pendu aux branches des cathéters.
Des fruits amers et des trous noirs.

Je n'oublie pas non plus Jean-Gilles,
Autoproclamé Prince des rues,
Stoppé au vol par deux vigiles,
Deux jeunes laquais de succursale,
Alors qu'il était seul et nu,
Tout ça pour moins de cinquante mille.

Je n'oublie pas le Moine errant
Dans cet étrange monastère
Où sont les fantômes vivants.
Centrale. Cellule. Bruits de fermoirs.
Je sais la gueule que l'on peut faire
Suivant son propre enterrement.

Léon, mon frère, je ne prie pas,
Je murmure ton nom aux étoiles
Quand vient le soir. Je n'oublie pas
Et puis je chiale, sur vous, sur nous,
Sur la poussière de nos étoiles,
Et mes yeux brillent comme ceux des rats.

Nous avons eu vingt ans, brigands
Des grandes villes, cow-boys aux colts
Fumants, nous avons eu trente ans,
L'or et les filles plein les sacoches,
C'était du vent. Vient la récolte.
L'hiver approche, et moi j'attends.

Agnès MARTIN-LUGAND

Le monde est petit

Quand je voyais mon fils rire et s'amuser avec ses copains à la sortie du collège, j'avais envie de lui dire d'en profiter. Je savais pertinemment que les amitiés de l'adolescence peuvent parfois être douloureuses, mais j'avais cette chance : mon fils était sociable, savait se faire aimer des autres. Serait-ce toujours le cas ? Je le lui souhaitais. Mais ce que je lui souhaitais par-dessus tout était qu'il ait toujours un ou deux amis en cas de coups durs, tout comme moi. Parfois, il ne servait à rien d'en avoir des quantités astronomiques, mieux valait en avoir peu, mais que ce soit les bons. Venir le chercher à la sortie des cours me le rappelait. Je n'étais pas la seule mère de famille à attendre devant les grilles de l'établissement. Sauf que désormais, je ne sortais plus de la voiture pour taper la discute avec les copines. Puisqu'elles ne l'étaient plus. Depuis deux ans, j'avais perdu tous ceux que je croyais être mes amis les uns après les autres. Ils avaient tous pris le parti de mon ex-mari quand j'avais décidé de le quitter. Personne n'avait cherché à comprendre pourquoi j'en étais arrivée là, ni le sens de ma démarche. Personne sauf deux, le dernier couple d'amis qui me restait. Pauline et Julien qui eux, vaille que vaille, m'avaient défendue et avaient fait l'effort d'essayer de comprendre les raisons de tout ça.

Fabrice et moi nous étions rencontrés jeunes, sans nous connaître véritablement, sous le feu de la passion – me forçais-je à croire, pour me rassurer – et, sans en mesurer les conséquences, nous avions décidé de faire un enfant, très vite, trop vite peut-être, même si Dimitri restait le soleil et l'accomplissement de ma vie. Rien au monde ne me ferait le regretter. Toujours est-il qu'après dix ans de vie commune j'avais réalisé que nous étions des étrangers l'un pour l'autre, au mieux des colocataires avec avantages en nature. J'avais trouvé ça triste, assez pathétique même. J'avais essayé quelque temps de rallumer une flamme entre nous. Avait-elle déjà existé ? J'en doutais. Rien ne s'était passé dans mon corps et dans mon cœur. Et lorsque j'avais compris qu'au bout du compte Fabrice n'était pas plus heureux que moi de la situation, que simplement lui se posait moins de questions en se contentant de profiter de la stabilité que notre vie lui apportait, alors j'avais tranché dans le vif en le quittant. Fabrice avait été au fond du trou... un temps. Mes anciens amis donnaient cette raison pour justifier d'avoir coupé les ponts avec moi, refusant de me pardonner le mal que je lui avais fait. Ils avaient continué à l'invoquer, même lorsque Fabrice s'était relevé et pas si mal d'ailleurs, puisque après un peu plus de six mois il avait rencontré une femme avec qui il filait depuis le parfait amour. J'en étais d'ailleurs heureuse pour lui ; je n'avais pas remis notre vie en cause pour rien. Un de nous deux sortait son épingle du jeu. Car de mon côté, depuis notre séparation, c'était le désert sentimental. Ça m'avait fait mal un temps de porter toute la responsabilité de la situation, même si, en soi, je le méritais, mais c'était vraiment douloureux d'être mise au banc par ceux que je considérais comme mes amis, la famille que je m'étais choisie, enfin que nous nous étions choisie Fabrice et moi. J'aurais dû le savoir, en cas de séparation, il y a des camps adverses. Il n'y avait que Pauline et Julien qui étaient restés neutres dans l'affaire et qui ne s'étaient mêlés de rien. Ils avaient simplement joué leur rôle d'amis, en ne prenant parti pour personne et en nous soutenant tous les deux. Ils avaient d'ailleurs une analyse assez intéressante au sujet de l'attitude des autres. Ils m'en avaient fait part un soir où ils étaient venus dîner chez moi.

— En fait, Sophia, tu leur as fait peur ! m'avait annoncé Julien.

J'avais ri jaune.

— Ils ont peur de moi et puis quoi encore ? Je ne vais pas venir leur jeter un sort la nuit !

— Eh bien si, c'est à peu près ça, m'avait rétorqué Pauline. Tu sais, il y a des gens face à la maladie qui prennent la poudre d'escampette, parce qu'ils ne peuvent pas voir cette réalité en face. Le cancer n'est pas transmissible, et pourtant certaines personnes fuient les malades ou des familles atteintes, convaincues inconsciemment que ça va leur tomber dessus si elles restent en contact.

— Attends, tu es en train de me dire qu'elles

pensent que parce qu'un couple a volé en éclats, il va y en avoir d'autres qui vont suivre ?

— Exactement, tu pourrais donner des idées à certaines ou certains.

— C'est ridicule !

— Absolument, mais quand tu as peur, tu te protèges, eux le font maladroitement et même méchamment.

Ça m'avait laissée assez perplexe.

— Tout ça pour te dire que finalement, ce n'est pas forcément après toi en tant que personne qu'ils en ont.

— Vous êtes sympa d'essayer de me rassurer.

Et puis, j'avais fait une grimace de sorcière.

— Et vous, je ne vous fais pas peur ?

Ils avaient ri.

— On est solides, m'avait répondu Julien en me faisant un clin d'œil.

— Ça fait du bien de te voir faire l'imbécile, avait enchaîné Pauline.

La portière de la voiture s'ouvrit brusquement et me fit sortir de mes souvenirs et réflexions.

Le lendemain soir, Pauline dînait à la maison, Julien étant resté chez eux avec leurs enfants. Sitôt son assiette vide, Dimitri nous avait laissés filant dans sa chambre pour retrouver au plus vite son ordinateur. Ce n'était pas bien, mais j'avais fini par lâcher l'affaire, il n'y avait encore que la nuit que j'arrivais à l'en séparer.

— Il grandit, ton fils, me dit Pauline.

— C'est vrai, il va même très bien. Il s'est sorti de tout ça, sans trop de dégâts.

— Vous avez fait ce qu'il fallait, Fabrice et toi, là-dessus, vous avez assuré.

— Il fallait bien qu'on réussisse quelque chose ! Mais... il est de plus en plus autonome. J'ai l'impression qu'il n'aura bientôt plus besoin de moi. Tu sais que j'ai de plus en plus de mal à aller le chercher au collège.

Elle éclata de rire.

— C'est un peu normal, non ?

Je ris à mon tour, bien consciente du ridicule de mon attitude.

— Ouais, je sais... je me transforme en mère poule obsédée par son fils unique, et je te jure, je me fais peur... je m'étais toujours promis de ne jamais le couver plus que nécessaire.

— Tu reportes tout sur lui, tu ne peux pas t'en vouloir pour ça.

Son sourire indulgent me chiffonna.

— Quoi ? Dis-moi...

— Non, c'est juste que, plus le temps passe, plus tu sembles t'oublier. Avant, tu faisais des gaffes, tu racontais des blagues, tu n'étais jamais à l'heure... aujourd'hui, tu as l'air de t'éteindre. Je ne sais pas si c'est des restes de culpabilité... mais c'est bon, maintenant. Tu n'as pas envie de rencontrer quelqu'un ?

Gênée, je haussai les épaules.

— Ça ne se bouscule pas au portillon. Et puis, j'ai peur de me planter...

Dimitri nous interrompit en dévalant l'escalier, il arriva en courant dans le séjour.

— Maman ! Trop drôle !

— Qu'est-ce qui se passe ?

— J'ai retrouvé Louise par Facebook.

Louise… ce prénom m'en rappela immédiatement un autre…

— Une petite copine ? lui demanda gentiment Pauline.

Mon fils piqua un fard, qui m'émut beaucoup. Comme quoi, j'avais raison, il grandissait.

— Mais non, c'est juste… que je trouve marrant de retrouver une copine de primaire. Tu te souviens, maman ? Tu avais fait l'anniversaire avec son père ! Tu avais déchiré ! C'était trop drôle, ils étaient même venus manger une pizza à la maison.

— Je n'ai jamais entendu parler de cette histoire, remarqua Pauline.

Mon fils ne fut plus le seul à piquer un fard.

— Et alors ? tentai-je de me reprendre. Que devient Louise ?

— Elle a l'air cool, me répondit-il en haussant les épaules. Je vais la revoir bientôt.

— Pourquoi ? Ils sont revenus ici ? m'étranglai-je.

— Pas elle, juste son père. Ses parents aussi ont divorcé. Elle vient le voir pendant les vacances.

Et il repartit aussi vite qu'il était arrivé, après avoir lâché une bombe. Tourneboulée, je m'enfuis dans la cuisine.

— Tu veux une tisane ? proposai-je à Pauline pour éviter son regard curieux et amusé.

— Pourquoi pas !

Elle ne mit pas plus de deux minutes à me rejoindre.

— Raconte.

Ça ne servait à rien de cacher cette anecdote, surtout que c'était assez ridicule au bout du compte. Alors je lui racontai comment il y avait cinq ans de ça, j'avais dû préparer les gâteaux pour l'anniversaire de Dimi à l'école, et aussi celui de la petite Louise. J'avais fait équipe avec son papa, Éric. Après une rencontre houleuse, nous nous étions merveilleusement bien entendus, au point que mon cœur avait un peu trop battu la chamade en sa présence. Il déménageait juste après, et pendant cette fameuse soirée pizza où nous avions descendu une bouteille de vin à deux, il m'avait caressé la joue « il vous reste de la farine », m'avait-il dit pour justifier son geste.

— Voilà, tu sais tout. Il est parti le lendemain de l'anniversaire.

Elle tortilla sa bouche.

— Ça te fait quoi de savoir qu'il est revenu en ville ?

— Je ne sais pas.

— En tout cas, toi qui disais que ça ne se bousculait pas au portillon…

— Il n'a pas encore frappé à ma porte !

Les deux semaines suivantes, même si Dimitri ne parla plus de Louise, je pensai souvent, bien trop souvent, à elle, ou plutôt à son père. Ce souvenir m'était revenu comme un boomerang en pleine figure. Et finalement, j'en venais à me demander si le trouble ressenti face à Éric n'avait pas été l'élément déclencheur qui m'avait fait ouvrir les yeux sur l'état du couple que nous formions Fabrice et moi. La tristesse ressentie après le départ de cet homme, l'impression de vide, de manque de joie de vivre m'avait fait réfléchir aux sentiments que je portais à Fabrice. Peu importait aujourd'hui, je ne regrettais pas ma décision, mais le hasard avait quelque chose d'étrange. Du coup, parfois dans la journée, je repensais aux quelques fous rires que nous avions partagés Éric et moi, et dans ces moments-là, je me demandais ce qu'il devenait, je mourais d'envie de savoir pourquoi lui et sa femme avaient divorcé, et pourquoi il était revenu dans la région. Qui sait ? Peut-être qu'un jour je tomberais sur lui par hasard. Cette envie était très vite atténuée par une crainte. Qu'est-ce qui me disait qu'il avait gardé un souvenir de moi ? J'aurais l'air de quoi si je le croisais, que je le reconnaissais et que je l'abordais en lui disant : « Bonjour Éric, comment allez-vous ? Ça fait un bail ! Ça vous dit, un verre ? » et qu'en réponse, il me demandait qui j'étais. Non, je ne prendrais pas ce risque, c'était plus raisonnable de garder ce joli souvenir intact.

Un midi, Pauline me proposa de déjeuner en terrasse. Il faisait beau, j'avais dit oui, emportée par une envie d'école buissonnière. Nous en étions au café gourmand, lorsque je remarquai qu'elle se tortillait sur sa chaise.

— Tu as quelque chose à me dire ?

Elle joua avec une miette de pain, puis me regarda à travers ses cils.

— Tu ne vas pas être contente, mais... je me suis mêlée de tes affaires... je crois que j'ai bien fait. En tout cas, ça peut être un coup de pouce.

— De quoi me parles-tu ?

— Je sais où travaille le papa de la petite Louise, si jamais ça t'intéresse.

Je me mordis la langue pour ne pas crier « où ? ».

— Et je peux savoir comment tu as découvert ça, je ne t'ai même pas dit son nom de famille...

— Tu sais que les enfants sont amis Facebook avec Dimitri.

— Oui, et ?

— Bah, en fait... j'ai profité de ce qu'ils étaient en cours pour aller sur leurs profils et du coup sur celui de ton fils...

Sa mine mortifiée me fit rire à gorge déployée. Pauline, si douce, si respectueuse de l'intimité de ses enfants avait été fouiller leurs comptes.

— Ne te moque pas, je ne suis pas fière. Enfin ça a eu le mérite de me confirmer qu'ils n'étaient pas tombés dans la drogue ou la délinquance. Ton fils non plus d'ailleurs, si ça peut te rassurer !

Je lui souris, toujours amusée, et touchée par son geste.

— Merci...

— Pas de quoi, mais attends, j'en viens au principal. J'ai fouillé dans la liste des amis de ton fils, et j'ai trouvé une Louise qui n'habite pas ici. C'est comme ça que j'ai eu son nom de famille. Ensuite, je suis désolée, mais j'en ai parlé à Julien, je n'avais pas le choix, j'avais besoin de son aide.

Là, en revanche, je n'étais plus amusée du tout. La blague entre copines passe encore...

— La honte ! Comment je vais pouvoir regarder ton mari dans les yeux, maintenant ? Il va me prendre pour qui ?

Elle me lança un regard indulgent.

— Enfin, tu le connais. Et je peux te promettre qu'il trouve ça très bien. Surtout que c'est là que c'est devenu drôle.

— Pourquoi ?

Sa mine m'inquiéta, elle se retenait de rire, peut-être bien à mes dépens.

— Julien le connaît.

Le sang reflua de mon visage.

— Comment est-ce possible ?

— Il bosse dans la même boîte que lui.

— Quoi ? hurlai-je.

Toutes les personnes autour de nous se retournèrent. Question discrétion, c'était raté !

— Il est arrivé il y a quelques mois... Enfin, pas exactement. En réalité, il a réintégré la boîte, ils travaillaient déjà ensemble il y a cinq ans. Si on avait su tout ça avant, on t'en aurait parlé.

Plus perturbée que je ne voulais l'admettre, je m'avachis au fond de ma chaise. C'était tout simplement incroyable, cette histoire. Nous avions évoqué de notre travail avec Éric, mais c'est vrai que lui n'avait jamais mentionné le nom de son entreprise. Pauline me sortit de mes pensées.

— Après, Julien est très étonné qu'il ait pu te plaire.

— Pourquoi ?

— Ils s'entendent très bien tous les deux, mais Julien me dit qu'il est hypersérieux, que pour lui décrocher un sourire il faut ramer, certains au bureau le trouvent limite insociable. Et très clairement, Julien ne l'imagine pas en train de se siffler une bouteille de rouge ni de faire une bataille de farine avec toi.

— Il a peut-être changé, soufflai-je. Ou alors, tout simplement que son divorce ne passe pas...

— Maintenant, tu sais où le trouver.

— Ça me fait une belle jambe... Qui te dit qu'il se souvient de moi ? Et puis, on a juste fait des gâteaux d'anniversaire ensemble, ça n'en fait pas l'homme idéal, que je sache...

— C'est toi qui vois, mais si tu changes d'avis, Julien est prêt à jouer au marieur !

On éclata de rire toutes les deux, puis je jetai un coup d'œil à ma montre, ça y était, j'avais à nouveau des problèmes de ponctualité, j'étais déjà en retard au travail. Au moment de nous dire au revoir, Pauline me proposa de venir dîner chez eux le vendredi soir, j'acceptai avec grand plaisir, surtout que je n'aurais pas Dimitri ; il passait le week-end chez son père.

Nous étions vendredi soir, le klaxon strident de la voiture de Fabrice retentit. Dimitri attrapa son sac dans l'entrée et me fit un gros bisou sur la joue. Je restai dans l'encadrement de la porte sans le quitter des yeux le temps qu'il échange une accolade avec son père. Dimi balança ses affaires à l'arrière de la voiture et grimpa à sa place. Après lui avoir dit quelque chose, Fabrice avança vers moi.

— Bonjour Sophia.

— Salut ! Tu me le ramènes à quelle heure dimanche soir ?

— Justement, je voulais te demander s'il pouvait rester chez moi jusqu'à lundi matin, je te déposerai ses affaires après l'avoir déposé au collège.

— Euh… oui bien sûr, mais pourquoi ?

— Tu as oublié ? Il a une compétition de basket dimanche toute la journée et je voudrais quand même passer un peu de temps avec lui. S'il te plaît, Sophia ?

— Ne prends pas cet air de chien battu ! C'est Dimitri qui décide, pas moi. Ça ne me pose pas de problème. Qu'il m'appelle demain pour me dire, c'est tout.

Il secoua la tête en regardant ses pieds. Puis, il releva le visage.

— Tu vas bien ?

— Parfaitement. Et tu vois, je pars dîner chez Pauline et Julien.

— Super, dis-leur bonjour de ma part !

— Bon week-end.

Après un signe de la main envoyé à mon fils, je lui tournai le dos et rentrai chez moi. Il était l'heure de me préparer. Préparer, un bien grand mot, pour un coup de blush et de rouge à lèvres. Au moment de rejoindre la salle de bains, mon téléphone sonna. C'était Pauline, peut-être avaient-ils un empêchement de dernière minute ? À moins qu'elle n'ait besoin de quelque chose ?

— Salut Pauline !

— Ça va ?

— Très bien, Dimitri vient de partir.

— Euh… il fallait que je te dise un truc. Julien ne m'a pas écoutée… il ne voulait pas que je te le dise, mais je ne peux pas te faire ça.

— De quoi tu parles ?

Je lui posai la question tout en imaginant un truc qui me faisait déjà perdre les pédales, alors même que je n'avais pas la confirmation que c'était bien ça.

— Bah… il a invité Éric à dîner ce soir avec nous !

— Pourquoi a-t-il fait ça ?

— Il pense que vous avez besoin d'un coup de main !

— Coup de main de quoi ? On ne sait même pas s'il se souvient de moi ! Écoute, je suis désolée, Pauline, mais je ne vais pas venir ce soir.

— Oh, non ! Tu ne peux pas faire ça… et puis, Julien est convaincu qu'il se souvient de toi, il a essayé de mener l'enquête.

— Ton mari devient fou ! Qu'est-ce qui lui prend ?

— Écoute, franchement, je ne sais pas quelle mouche l'a piqué ! Ton histoire avec son collègue le met dans tous ses états, pire qu'un gamin ! Il a décidé qu'Éric allait devenir son pote ! Figure-toi qu'en plus du dîner, il lui a proposé de venir courir avec lui dimanche matin ! À ce rythme-là, il part en vacances avec nous cet été.

— Je suis désolée, Pauline.

— Mais non, il me fait rire. Tu sais, c'est parce qu'il tient à toi, il a envie que ça marche.

— On n'en est pas encore là ! Attends, parce que tu m'as dit qu'il pensait qu'Éric se souvenait de moi… ne me dis pas qu'il lui a parlé de tout ça… parce que franchement, je me tresse une corde ! Je passe pour qui ?

— Non, je sais qu'il y va parfois avec de gros sabots, mais d'après ce qu'il m'a rapporté de leur conversation, il lui a juste demandé si ça l'ennuyait qu'on invite avec lui une de nos amies qui s'appelle Sophia…

— Il a dit quoi ?

Pauline rit dans le combiné.

— D'après Julien, il lui a dit qu'il avait connu une Sophia dans le coin, sans aller plus loin, et mon cher petit mari s'est contenu pour ne pas en demander plus. Mais à première vue, ton Éric a souri, et c'est un fait assez rare pour le noter.

— Ah…

J'étais presque un peu déçue, non pas que je me

sois attendue à ce qu'il fasse la danse de la joie en entendant mon prénom, mais quand même...

— Enfin, voilà, je ne voulais pas que tu te sentes prise en traître.

— Je te remercie, mais...

— Viens Sophia... tu n'as rien à perdre. Au pire, il ne se passe rien, et tu découvres que c'était juste un fantasme. Au mieux...

— On verra... mais préviens Julien, il me le paiera !

— Il s'en doute, me répondit-elle en riant. Bon, ce n'est pas le tout, mais j'ai des invités ce soir, et je suis en retard ! À tout à l'heure.

— Ouais...

Je raccrochai, avec l'impression d'être complètement perdue, en panique, mon ventre faisant des triples saltos. Je pouvais me rhabiller avec mon coup de blush et mon rouge à lèvres, j'avais un peu plus de boulot si je voulais être présentable. Quelques minutes plus tard, désespérée face à mon dressing et dans l'incapacité totale de choisir ce que j'allais mettre, je décidai de prendre une douche pour avoir les idées plus claires. Ça eut le mérite de me détendre, c'est en tout cas la réflexion que je me fis en me maquillant après. En sortant de la salle de bains pour retourner dans ma chambre, mon regard tomba sur mon réveil : 20 h 04.

— La poisse ! braillai-je toute seule.

J'aurais dû être chez Pauline et Julien depuis quatre minutes. Si Éric n'avait pas changé, lui était chez eux depuis quatre minutes. Et moi ? Eh bien, moi, j'étais dans ma chambre en culotte et soutien-gorge, certes coiffée, maquillée et parfumée, mais loin d'être prête à partir et avec vingt minutes de route pour les rejoindre. Quelle idée ils avaient eue d'aller habiter à la campagne ! Je n'avais plus le temps de réfléchir, je sautai dans un jean, enfilai un pull en cachemire noir et des boots. Tant pis !

En garant ma voiture devant leur maison à 20 h 45, je pris deux minutes pour calmer les battements de mon cœur. Peine perdue, j'attrapai sur le siège passager la bouteille de Bourgogne que j'apportais et sortis de la voiture, prête à affronter la soirée. Pauline m'ouvrit, un grand sourire aux lèvres. Elle me fit la bise tout en riant discrètement, elle fit en sorte que je reste sous le porche avec elle.

— Il n'y a pas à dire, il t'aide à redevenir toi-même. Trois quarts d'heure de retard et... tu as mis ton pull à l'envers.

Je m'éloignai d'elle, les yeux ronds comme des billes, lui collai la bouteille de vin dans les bras et balançai mon sac par terre.

— Pauline ? appela Julien. Vous faites quoi ?

— Rien, on arrive !

Après avoir lancé un regard au pâté de maisons, histoire de vérifier que les voisins n'étaient pas de sortie, je retirai mon pull et le remis à l'endroit, ce qui eut pour effet de ruiner tout le travail de coiffure, mes cheveux étaient à nouveau en bataille. J'attrapai un élastique dans mon sac et les attachai à la va-vite.

— Calme-toi, Sophia, me dit Pauline en me tenant délicatement par les épaules, une fois que je fus à peu près réinstallée. Tout va bien se passer, en tout cas, je suis conquise, il est vraiment très sympa.

Je lui fis un sourire qui devait plus ressembler

à une grimace. Elle ouvrit la porte et me poussa à l'intérieur. Julien vint à ma rencontre, paré d'un petit sourire en coin sadique.

— Félicitations ! Du grand toi, me glissa-t-il à l'oreille en me faisant la bise.

— Tu ne perds rien pour attendre.

— N'oublie pas qu'il ne sait pas, chuchota-t-il.

Là, j'eus envie de rire. Dans quelques secondes, ce serait l'impact. Éric se souvenait-il oui ou non de moi ? Il était de dos, absorbé dans la contemplation du jardin. Le conspirateur me força à avancer dans le séjour.

— Éric, viens que je te présente ! claironna Julien.

Il se retourna et l'étonnement se lut sur son visage.

— Sophia ?

Je stoppai net.

— Si je m'attendais à ça, mentis-je.

Je ne simulai pas mon trouble. Il était là, devant moi. Il avait à peine changé, hormis quelques rides supplémentaires et les tempes désormais grisonnantes. Il me sourit, sans rien dire. Je bafouillai :

— Mais... euh... vous vous souvenez de moi ?

— Ne vous l'avais-je pas promis ?

Il eut l'air surpris par sa repartie. Je baissai la tête, ne sachant pas quoi lui répondre. Il franchit la distance qui nous séparait encore, et, naturellement, il posa délicatement sa main sur mon bras pour me faire la bise.

— Ça fait presque cinq ans maintenant qu'on s'est dit au revoir... C'est assez incroyable de tomber sur vous, me dit-il.

Il se recula légèrement en passant la main dans ses cheveux. On se regarda dans les yeux ce qui me sembla de longues secondes en se souriant. J'avais beau savoir qu'il était revenu vivre ici, je n'en revenais pas de le voir en chair et en os devant moi. Ni de constater que son charme opérait de la même manière que dans mes souvenirs.

— Vous vous connaissez ? nous interrompit Julien.

Il jouait merveilleusement bien la comédie. Je me retournai.

— Figure-toi que Dimitri et Louise, la fille d'Éric, étaient dans la même école en primaire.

— Le monde est petit !

— Comme tu dis, le monde est petit.

Je retenais difficilement mon envie de rire.

— Tiens, me dit Pauline en me tendant un verre de vin de blanc. Mais dites-nous tout, vous avez l'air de bien vous connaître ! C'est drôle tout de même !

Mes amis me sidéraient par leur jeu d'acteurs. On s'installa tous les quatre autour de la table basse. Je me retrouvai en face d'Éric, qui ne me quittait pas des yeux.

— À vous l'honneur, racontez-leur nos aventures culinaires, lui dis-je.

Pauline avala de travers sa gorgée de vin blanc. Puis Éric se lança et expliqua de quelle manière nous nous étions rencontrés, il amputa son récit de sa caresse sur ma joue, sans s'empêcher de m'envoyer un petit sourire en coin, à la fin.

— C'est génial, cette histoire ! commenta Julien.

De mon côté, j'allais continuer à jouer l'innocente, je n'avais pas trop le choix. Mais j'étais bluffée de voir jusqu'où Pauline et Julien étaient capables de s'enfoncer dans le mensonge pour m'aider à renouer avec lui. Et je devais reconnaître qu'au fond de moi, ça m'amusait.

— Et alors, Éric, comment connaissez-vous mes meilleurs amis ?

— On travaille ensemble, répondit Julien.

— Incroyable ! Vous êtes revenu vivre dans le coin ?

— Je suis là depuis quelques mois. Nous sommes séparés avec la mère de Louise, et j'ai préféré revenir vivre ici.

— Oh... je suis désolée.

Il balaya ma remarque d'un geste de la main.

— Bah, tu vois, Sophia, il n'y a pas qu'à toi que ça arrive, me charria Julien.

Je le regardai, hallucinée, puis m'adressai à Pauline, en riant :

— Ton mari devient lourd ! Tu t'en rends compte, j'espère.

— Oui, c'est le printemps, ça le met dans un de ces états !

La remarque de Pauline eut le mérite de faire rire tout le monde.

— En tout cas, Sophia, je suis très heureux de constater que certaines choses ne changent pas.

Éric accompagna sa phrase d'un petit sourire en coin, je le regardai en fronçant les sourcils.

— Vous êtes la même... toujours un petit problème avec la ponctualité.

J'eus le plus grand mal à me retenir de rire.

— Ah non, ne commencez pas ! Et puis, je suis persuadée que vous avez sonné à 20 h 01 précises, je me trompe ?

Il leva les bras en signe de reddition et me fit un clin d'œil.

— OK, je l'ai cherché !

On se sourit à nouveau, je devais afficher une mine béate, mais je m'en moquais. En revanche, nous laissions complètement de côté ceux qui nous recevaient, sans qui tout ça n'aurait pas été possible, et ça ne se faisait pas. Je pris sur moi pour redescendre sur terre, en demandant des nouvelles des enfants à Pauline. Elle me donna un petit coup d'épaule pour me rassurer, elle me connaissait si bien. Durant l'apéritif, il y eut la traditionnelle scission homme/femme. Pour autant, je croisai régulièrement le regard d'Éric qui ne manquait jamais de m'envoyer un sourire. Puis, il fut l'heure de passer à table, Pauline s'assit à côté d'Éric, et nous étions en face Julien et moi. Le dîner fut joyeux, traîna en longueur. Nous riions, blaguions, et ça me faisait drôle. Je passai une merveilleuse soirée avec mes meilleurs amis, ceux qui finalement savaient tout de moi, m'avaient protégée, secouée, défendue ces dernières années, accompagnée de l'homme qui sans le vouloir avait déclenché ma crise existentielle. Et je me sentais bien, à ma place, avec lui. Et lui semblait être bien avec nous. Je n'avais aucune idée de ce qui découlerait de ces retrouvailles montées de toutes pièces, mais ce dîner, ces quelques heures, était le point final de la reprise en main que j'avais initiée en quittant Fabrice. Je savais que mes amis et surtout Dimitri avaient du mal à me reconnaître ces derniers temps. Aujourd'hui, ce soir, je sentais que j'étais prête à redevenir la Sophia gaffeuse, toujours en retard, étourdie et désordonnée.

Il était plus de une heure du matin quand on décida d'arrêter là. J'aidai Pauline à débarrasser un peu avant de partir. Lorsqu'elle me vit arriver les bras chargés à sa suite dans la cuisine, elle m'arrêta.

— Rentre, je te jure, je vais juste déblayer et je finirai ça demain matin.

— Tu as vu le bazar qu'on te laisse !

— Ne t'inquiète pas, on a passé une superbe soirée, c'est le principal !

Je la pris dans mes bras et la serrai fort.

— Merci Pauline.

— C'est moi qui te remercie, me souffla-t-elle. Qu'est-ce que ça nous a amusés !

On rit toutes les deux, jusqu'au moment où Éric nous interrompit.

— Sophia ?

Je me retournai et perçus comme une timidité chez lui, que je ne lui connaissais pas et qui m'étonnait.

— Je... je me disais que je pouvais vous ramener chez vous. Vous habitez toujours en ville ?

— Oui, mais euh... ma voiture...

— Ne t'inquiète pas pour ça, on te la ramène demain.

Ils étaient vraiment prêts à tout !

— Vous êtes sûrs ?

— Ouais ! me répondit Julien. Profite d'avoir un chauffeur pour une fois. On sait bien que tu n'aimes pas trop les routes de campagne la nuit.

— Pas faux... merci.

Ce trajet avec lui me troublait avant même que nous soyons enfermés dans l'habitacle, mais j'étais heureuse d'avoir ce moment en tête à tête. Pauline et Julien nous escortèrent jusqu'à la porte d'entrée, je leur laissai mes clés de voiture, et on se dit tous au revoir, non sans que les deux me lancent de discrets encouragements.

Une fois les portières claquées et le moteur démarré, on se lança un regard gêné. Éric me demanda ma nouvelle adresse et on se mit en route. Mis à part la musique en bruit de fond, les premières minutes se déroulèrent en silence. J'avais envie de lui dire plein de choses, et pourtant je ne savais pas par quoi commencer. Il me vint en aide :

— Vous avez l'air très proche de Pauline et Julien ? En même temps, je peux le comprendre, ils sont super. Julien, je le connais depuis longtemps dans le cadre du boulot, et Pauline est vraiment adorable.

— Ils sont géniaux, vous voulez dire ! Je ne sais pas ce que je ferais sans eux... Ce sont les seuls qui ne m'ont pas tourné le dos...

— Au moment de votre divorce ?

— Oui...

— Que s'est-il passé ? Enfin... vous n'êtes pas obligée de me répondre... désolé, je n'aurais pas dû...

— C'est bon, Éric. Je vous réponds si vous me répondez.

Je le regardai, il rit.

— C'est de bonne guerre ! Oh vous savez, moi ce n'est pas bien compliqué. À partir du moment où l'on a déménagé, c'est parti en vrille. Je n'ai pas réussi à me faire à cette nouvelle vie, nouvelle ville, nouveaux amis de mon ex-femme, et mon nouveau boulot non plus d'ailleurs. J'ai fini par craquer il y a un an, et tout envoyer valser. Voilà, vous savez tout.

— C'est pour ça que vous êtes revenu ici ?

— J'y avais de bons souvenirs, me répondit-il en me jetant un coup d'œil.

— Et après quelques mois, vous êtes content d'être là ?

Il sourit.

— Plutôt, oui. Alors, à vous maintenant.

— J'ai découvert que le père de Dimitri et moi nous n'étions que des parents et pas des amants amoureux.

— Et vous l'avez quitté, alors que sur le papier tout allait bien ?

— J'ai mis un peu de temps à me décider, mais oui, c'est à peu près ça.

— Et aujourd'hui, vous en êtes où ?

— Je ne suis qu'une mère, lui répondis-je en riant. Mais j'ai eu raison, mon ex-mari a refait sa vie et il n'a jamais été aussi heureux, d'après ce que je sais.

— Il a dû y avoir un élément déclencheur pour vous faire ouvrir les yeux ?

L'arrivée devant chez moi m'évita de lui répondre.

— Joker !

On rit ensemble sans nous quitter des yeux.

— Vous avez de la chance.

— Peut-être bien !

Il ouvrit sa portière et m'escorta jusqu'à la porte de ma maison. Je n'avais pas envie qu'il reparte.

— Merci Éric de m'avoir raccompagnée. J'espère qu'on aura l'occasion de se revoir... en tout cas, j'aimerais bien, lui dis-je timidement.

— Ça a été un plaisir de rentrer avec vous, et oui, moi aussi, j'aimerais bien. Mais, Sophia...

— Quoi ?

— Juste une question pour finir notre conversation. Et je vous dirai quelque chose en échange.

— On fait du troc ? lui demandai-je malicieusement.

— On a bien fait des gâteaux ensemble ! On peut troquer nos confidences, vous ne croyez pas ?

Je ris légèrement.

— Je vous écoute...

— Quand avez-vous commencé à vous poser des questions sur votre couple ?

Je piquai du nez.

— Répondez-moi, insista-t-il doucement. J'ai besoin de savoir.

— Après votre départ, murmurai-je, sans le regarder.

— À mon tour de me confier... Je n'ai jamais réussi à effacer votre numéro, mais je n'ai pas osé vous appeler. Je dois une fière chandelle à Julien.

Je levai les yeux vers lui, il me souriait tendrement.

— On a du temps à rattraper alors, lui dis-je en me rapprochant de lui. Tu ne crois pas ?

Il posa la main sur ma joue et la caressa délicatement, comme il y avait cinq ans. Sauf qu'aujourd'hui il m'embrassa, je m'accrochai à son cou, et je me sentis bien. Quand on finit par rompre notre baiser, je restai agrippée à sa veste, ses mains se baladaient dans mon dos, sur mes reins.

— Tu restes ?

— Si tu m'invites.

Romain PUÉRTOLAS

L'incroyable stylo Bic
quatre couleurs
de Benjamin Bloom

Quelques mètres après avoir franchi l'entrée de la librairie, l'écrivain à succès Benjamin Bloom stoppa net devant l'un de ses présentoirs. Les quatre gorilles à lunettes noires qui l'entouraient en firent autant.

— Quelque chose ne va pas ? demanda l'agent de sa maison d'édition allemande qui venait d'apparaître au milieu de l'escorte. Vous n'aimez pas la disposition de vos romans ? On peut arranger cela...

— Je ne pourrai pas dédicacer aujourd'hui, coupa-t-il alors qu'il tâtait nerveusement les poches de son pantalon et de sa veste, j'ai perdu mon stylo.

— Il est peut-être tombé dans la voiture, dit l'agent qui sortit aussitôt son téléphone et passa l'ordre de fouiller le véhicule.

— Je ne peux pas signer, répéta l'écrivain paniqué. Ramenez-moi à l'hôtel.

— Monsieur Bloom, ce n'est pas sérieux. Votre public vous attend et vous acclame ! dit l'Allemand en montrant la foule en liesse que d'autres gorilles à lunettes noires avaient bien du mal à contenir. Votre queue de fans n'a rien à envier à celle de

J. K. Rowling qui dédicaçait ici même la semaine dernière, ajouta-t-il, persuadé que cette observation convaincrait l'homme de rester.

Touché. La simple mention de sa rivale déstabilisa un instant l'écrivain. Puis ses sourcils se froncèrent à nouveau.

— Non, vraiment, je veux mon stylo !

— On vient de me confirmer qu'il n'est pas dans la voiture, dit l'agent. C'était quoi comme marque ?

— Bic.

— Oh, dans ce cas, tout va bien ! s'exclama l'agent soudain soulagé. On va vous en trouver un autre !

— Non, rien ne va, grogna l'écrivain. Je ne signe qu'avec mon stylo. C'est peut-être un Bic, certes, mais c'est un quatre couleurs, et... il est unique. Il...

Avant d'achever sa phrase, Benjamin Bloom haussa les épaules, fit demi-tour et sortit de la librairie. De toute manière, c'était une star et il n'avait pas à se justifier. Il tourna les talons, se dirigea vers la grosse berline de luxe qui l'avait amené jusque-là. Il ouvrit la portière et disparut derrière les vitres teintées sous le regard horrifié de son agent et de la centaine de fans qui scandaient son nom.

*
* *

Une fois dans sa chambre d'hôtel, l'écrivain respira à nouveau.

Peut-être avait-il tout simplement oublié de mettre son stylo dans sa poche avant de partir ?

Il fouilla partout : sur le secrétaire, dans l'armoire et sous le lit, dans le minibar, sans oublier la salle de bains et les toilettes. Aucune trace.

Il s'assit sur le lit défait et fut pris d'une immense tristesse, repensant à son Bic quatre couleurs comme s'il s'agissait d'un grand ami qu'il ne reverrait plus jamais.

★
★ ★

Au moment où Benjamin Bloom se morfondait dans sa chambre d'hôtel pendant que son agent essuyait les insultes du président de la plus grosse chaîne de librairies d'Allemagne, Dipak Sidkar s'immobilisait devant un feu rouge.

Il posa un pied au sol en guise de béquille et attendit sur sa bicyclette le petit disque vert qui l'inviterait à repartir.

Alors qu'il vérifiait l'ourlet de son pantalon, il repéra dans le caniveau un objet filiforme blanc et bleu. Dipak avait l'habitude de ramasser toutes sortes d'objets jetés par terre. En général, par des touristes, car jamais un Allemand n'aurait osé jeter ne fût-ce qu'un morceau d'ongle rongé. Le Pakistanais vivait à Berlin depuis quarante ans et il connaissait bien les mœurs du pays et ses disciplinés autochtones.

Dipak lança sa jambe par-dessus sa monture et descendit de vélo. Tout en tenant la poignée d'une main, il attrapa l'objet de l'autre et chevaucha à nouveau son Haibike avant qu'on ne le klaxonne.

Alors qu'il pédalait, le Pakistanais examina le stylo qu'il venait de trouver. C'était un stylo blanc et bleu. Quatre petites tirettes de couleur différente (bleu, rouge, vert et noir) actionnaient une mine de la couleur désirée. Il connaissait bien ce stylo. Trouver un Bic quatre couleurs dans un caniveau, c'était un peu comme trouver un trèfle à quatre feuilles au milieu d'un pré. La perle rare.

Lorsqu'il arriva à destination, il attacha son vélo et retira le gros paquet de la sacoche arrière. Puis il entra dans le bureau de la Deutsche Post. Dans la queue, il gribouilla sur un morceau de papier pour vérifier chacune des mines qui, comme il le pensait, étaient en excellent état. Il se dit que ce stylo ferait plaisir à son petit-neveu resté à Islamabad, et qu'à sa vue, son visage s'illuminerait d'un beau sourire. Il aimait plus que tout l'imaginer heureux. Foutu pays que le sien, dans lequel les enfants couraient derrière les touristes pour quémander le moindre crayon de couleur. Ici, en Allemagne, les stylos, on les balançait dans les caniveaux, et on achetait aux enfants des cadeaux à plusieurs centaines d'euros.

Il décacheta un bout d'enveloppe et glissa le stylo dans le paquet.

Puis, satisfait, il attendit son tour.

★
★ ★

Le missile sol-air des rebelles afghans atteignit l'avion de DHL vers 16 heures, quelques minutes avant qu'il n'entame sa descente sur l'aéroport d'Islamabad. Ils ignoraient que l'appareil ne transportait que du courrier et que l'on n'en parlerait même pas dans les journaux. Les débris tombèrent entre deux montagnes, à quelques kilomètres de la frontière. Et les habitants d'un village voisin purent voir pleuvoir ce jour-là des morceaux de fer pour la première fois de leur vie.

Un boulanger sans le sou affréta sa voiture, une épave, y monta avec trois amis et se rendit sur les lieux du crash, d'où s'échappait une épaisse fumée, bien décidé à récupérer des trésors. Lorsqu'elle se dissipa, ils se mirent à fouiller les décombres à la recherche de tout et n'importe quoi, car dans leur village, les gens achetaient tout et n'importe quoi.

Bientôt, celui qui s'appelait Ahmet mit la main sur un paquet qui contenait une lettre et un stylo. Il jeta la lettre, qui était écrite dans une langue qu'il ne comprenait pas, et mit le stylo dans sa poche. Un Bic quatre couleurs. Du jamais vu dans le coin. Comme son nom l'indiquait, Ahmet (*celui qui remercie Dieu constamment*) remercia Allah et reprit ses recherches.

★
★ ★

Voilà deux jours que Benjamin Bloom était arrivé en Allemagne et il n'avait toujours signé aucun livre. Il ne quittait d'ailleurs plus sa chambre d'hôtel, dans laquelle il prenait tous ses repas. Son éditeur enrageait et cherchait désespérément un moyen pour qu'il assiste aux différents événements auxquels il l'avait invité. Benjamin était déterminé. Il ne signerait plus rien tant qu'il n'aurait pas retrouvé son stylo fétiche, son vieil ami.

Il lui avait même donné un nom, Phileas, car Benjamin Bloom donnait des noms à ses stylos.

Oui, le stylo était le meilleur ami de l'écrivain.

Il l'accompagnait partout, il était le lien entre lui et le lecteur qui venait faire dédicacer son livre.

*

* *

Les fouilles de l'appareil avaient pris plus de temps que prévu et Ahmet était arrivé chez lui dans la nuit. Il se déshabilla sans bruit et se glissa dans le lit où dormait son épouse. Il se réjouit à l'idée de vendre au village tout ce qu'il avait trouvé dans la carlingue fumante de l'avion. La majorité avait brûlé mais il avait quand même pu rapporter une trentaine d'objets en tout genre et des lettres, des centaines de lettres écrites dans des langues qu'il ne comprenait pas, mais étaient du papier qu'il pourrait recycler ou glisser sous ses vêtements pour se protéger du froid.

Cette nuit-là, il s'endormit un sourire aux lèvres.

Jelena se leva à l'aube. Elle ramassa les vêtements de son mari, se rendit dans la cuisine et fouilla les poches du pantalon qu'elle irait laver plus tard. Elle en sortit un stylo Bic quatre couleurs. Par curiosité, elle appuya sur la tirette verte du stylo, une mine apparut, puis la rouge, la bleue, la noire, à tour de rôle. Cette invention l'amusa. Elle n'avait jamais vu un stylo pareil. Elle trouva que c'était plus un stylo de femme que d'homme. Elle le fourra dans son sac, prit son panier et la liste des courses et partit en direction du village.

*

* *

Heinrich, l'agent allemand de Benjamin Bloom, acheta un stylo Bic quatre couleurs dans une papeterie et se précipita jusqu'à l'hôtel du célèbre écrivain américain.

— Tu ne vas pas le croire, dit-il à Benjamin lorsque celui-ci lui ouvrit la porte de sa chambre, on vient de le retrouver dans un caniveau à quelques mètres de la librairie où tu devais signer.

Les yeux de l'écrivain s'écarquillèrent et un semblant de sourire apparut sur son visage.

Benjamin prit le Bic, le fit tourner entre ses doigts comme un artisan observe avec minutie l'une de ses créations avant de s'en juger satisfait puis le rendit à son agent.

— Bien joué, dit-il, mais ce n'est pas le mien !

Et il lui referma la porte au nez.

Heinrich passa toute la journée à se demander ce qu'avait vu, ou n'avait pas vu, Bloom, sur le stylo qu'il lui avait acheté. Une marque distinctive ? Une rayure ? Mon Dieu, cette tournée s'avérait un véritable supplice.

★
★ ★

Jelena sortit son Bic au marché pour éveiller la curiosité et susciter l'envie de ses amies sous prétexte d'écrire la liste de ses courses.

— C'est quoi ce stylo ? lui demandèrent-elles.

— Quel stylo ? répondit-elle en simulant la surprise.

Elle appuya sur la tirette verte et griffonna quelque chose avec nonchalance. Elle le rangea dans son sac et continua son chemin au milieu des étals. Arrivée devant le vendeur de viande, elle brandit sa liste de courses et s'apprêta à répéter son manège. Elle plongea la main dans son sac et chercha le stylo. Ne le trouvant pas, elle écarta l'ouverture et en explora avec une fébrilité non contenue chaque centimètre carré.

Il avait disparu.

*
* *

Lorsqu'il se sentit hors d'atteinte, caché dans une impasse déserte du marché, le petit Youssef ouvrit sa main et contempla ce qu'il venait de subtiliser dans le sac de la jeune dame. D'habitude, il volait des pommes, des oranges, un morceau de viande pour survivre. Il n'avait jamais fauché de stylo. Le plastique était indigeste, et puis, il ne savait même pas écrire. Mais ce drôle d'objet avait attiré toutes ses convoitises. Il appuya sur les différentes tirettes l'une après l'autre et gribouilla le dos de sa main. À sa grande surprise, il s'aperçut qu'il venait de tracer quatre traits verts. Il appuya sur la tirette noire, posa la mine sur sa peau et regarda, intrigué, le point vert qu'il venait d'y inscrire. Il répéta l'opération avec la tirette verte. Un autre point vert. Il se demanda l'intérêt d'avoir des tirettes verte, bleue, rouge et noire si toutes n'imprimaient que du vert. Ce Bic quatre couleurs avait cela d'extraordinaire qu'il n'écrivait que d'une seule. Il sourit. C'était la première fois de sa vie qu'il possédait quelque chose d'inutile. Comme tous ces touristes à qui il offrait ses services de guide de temps en temps. Oui, le vrai luxe, c'était d'avoir des choses qui ne servaient à rien. Satisfait, il mit le Bic dans sa poche et sortit de l'impasse, bien décidé à commettre d'autres menus larcins.

*
* *

Deux heures après, le petit Youssef se faisait attraper par le col et soulever du sol alors qu'il chapardait des légumes. Son visage d'enfant s'éleva à la hauteur de celui d'un gros policier mal rasé et bourru.

— Espèce de petite vermine ! Je m'en vais t'apprendre à voler.

L'homme le reposa au sol et, sans le lâcher, le poussa dans les méandres du marché. Ils arrivèrent bientôt au commissariat. Il le fit grimper à l'étage et le balança sur une chaise.

— Nom, prénom, âge, lui demanda-t-il avant de prendre une feuille de papier.

Puis il tata les poches de sa chemise.

— Youssef.

— Youssef quoi ?

— Juste Youssef. Et j'ai sept ans, monsieur.

— Attends.

Le policier ne trouvait pas son stylo. Il chercha sous les feuilles et les dossiers éparpillés sur son bureau.

— Vous voulez un stylo ? demanda l'enfant en sortant le Bic quatre couleurs.

Il le lui tendit avec un grand sourire. Son geste entraînerait peut-être l'indulgence de l'agent. Du moins, il l'espérait.

— Je vous le prête, mais s'il vous plaît, ne me coupez pas la main !

L'homme le regarda d'un air mauvais. Après avoir joué avec toutes les mines et les tirettes, il demanda à l'enfant de bien vouloir déguerpir.

— Pour ce qui est du stylo, que tu as sûrement volé, je ne t'en tiendrai pas rigueur. Mais je le garde. Que je ne te revoie plus.

Satisfait, il le fourra dans la poche de sa chemise d'uniforme alors que l'enfant prenait ses jambes à son cou avant que l'autre ne change d'avis. Finalement, cet objet inutile lui avait servi à quelque chose. À se tirer d'affaire.

★
★ ★

— Et voici l'agent Bahram.

Le chef venait d'entrer dans le bureau. Le policier se leva et serra la main du nouveau venu, un Blanc habillé en chemise et pantalon en lin blanc.

— Mister John White travaille pour le gouvernement américain, l'agent Bahram est mon meilleur élément, expliqua le supérieur dans un anglais approximatif.

L'Américain dodelina de la tête, feignant d'être impressionné.

— Il sera votre guide dans les rues de Jalalabad et vous fera un petit compte rendu de la situation, de la position des rebelles, de Daesh et de tout ce que vous voulez savoir.

Bahram fut surpris d'une telle requête. Il ne connaissait rien à la situation, à la position des rebelles ou de Daesh. Il ne traquait que les voleurs dans les rues du marché central. Et son patron le savait. Cependant, il accepta la mission que l'on venait de lui confier comme si c'était la chose la plus naturelle au monde.

★
★ ★

Les agents White et Bahram passèrent la journée dans les montagnes, entre Jalalabad et la frontière qui séparait l'Afghanistan du Pakistan. Le policier local mit l'Américain au courant de la situation, enfin, il inventa tout. Il montrait de minuscules points noirs à l'horizon et disait « ils sont là », il lançait son bras dans une direction et ajoutait « ils vont vers là ». L'Américain hochait la tête, compréhensif. Il notait tout sur un Moleskine avec le stylo Bic quatre couleurs que l'Afghan lui avait prêté. Les États-Unis étaient *la* solution, l'unique solution, il fallait tout leur passer. Une grande puissance, une grande armée, une technologie de pointe, l'État islamique ne durerait pas longtemps si les États-Unis entraient véritablement dans la partie. Jusque-là, ils avaient été timides, n'avaient participé qu'à quelques opérations, lorsque cela les arrangeait. Maintenant, il fallait passer à la vitesse supérieure.

— Et comment s'appelle le leader des djihadistes dans la zone ?

Bahram n'en avait aucune idée.

— Le petit Youssef, dit-il en pensant au gamin qu'il avait arrêté le matin même.

— Pourquoi l'appelle-t-on le petit Youssef ?

Parce qu'il n'a que sept ans, allait répondre Bahram, mais il se reprit.

— Euh, eh bien parce qu'il n'est pas grand.

Afin de le remercier pour toutes ces informations qu'il estimait précieuses, Mister White invita le soir même l'agent Bahram à son hôtel, le plus luxueux de Jalalabad. L'Américain repartait aux États-Unis content de lui. Il pensait qu'il recevrait une belle promotion de Trump. Bahram pensait à la même chose. Il avait bien tenu son rôle et son chef lui donnerait sûrement un poste plus valorisant.

Le lendemain matin, Bahram accompagna l'agent américain à l'aéroport. Lorsqu'il vit le jet s'élever dans les airs, il réalisa que l'Américain ne lui avait pas rendu son stylo.

*
* *

Mister White se trouvait dans le bureau ovale avec deux de ses confrères de la CIA et subissait la mauvaise humeur du président.

— Vous n'êtes qu'une bande d'inutiles ! cria Donald Trump en agitant la tête avec frénésie, ce qui eut pour effet de décoiffer sa houppette blonde. Toi, toi, et toi ! Des inutiles ! Une vraie brochette de bons à rien !

— Monsieur le président, je...

— Ta gueule, Mister White ! Toi, je ne t'ai pris dans mon gouvernement que parce que j'aimais bien ton nom ! Mais si j'avais su tous les ennuis que cela me vaudrait... Cela fait trois jours que l'on essaie de localiser ton « petit Youssef » avec nos vues satellites et rien. Pas une trace.

— C'est peut-être parce qu'il est petit, osa l'agent. Il est indétectable.

Trump éclata de rire.

— Non mais vraiment, plus con, tu meurs ! Il est trop petit, qu'il dit !

Et il prit à témoin les deux autres agents qui n'en menaient pas large.

— Eh bien, puisqu'on ne le trouve pas, autant faire tout sauter ! proposa le président Trump. À quoi ça sert, l'Afghanistan ?

Il interrogea d'un geste du menton les deux autres agents.

— Euh... à rien, monsieur.

— Eh bien voilà. On fait exploser l'Afghanistan et avec lui tous les djihadistes. Et puis on continue avec la Syrie, l'Iran, l'Irak. À quoi ça sert l'Irak ?

— Euh... à rien, monsieur.

— Daesh me fait chier, les Mexicains me font chier, l'Europe, la Russie me font chier. À quoi ils servent tous, hein ? À quoi ça sert la Russie ?

— À produire la Vodka ?

— On peut la produire aux États-Unis, c'est pas les immigrés russes qui manquent. Le savoir-faire est arrivé ici. Allez, je m'en vais t'envoyer tout ça en l'air !

— Monsieur, si vous faites ça, la riposte sera immédiate et alors...

— Et alors quoi ? demanda-t-il d'un air de défi, et l'autre se tut.

Trump se baissa alors et attrapa sous le bureau une mallette en acier qu'il posa sur la table.

— Non, monsieur, réagit Mister White, pas l'arme nucléaire. Ne...

— Ta gueule, White !

Trump avait déjà ouvert la mallette. Il glissa la clé dans la serrure, tourna et, contre toute attente, il n'y avait pas de bouton rouge. En réalité, c'est un petit levier en métal qui apparut comme un joystick. Il en approcha sa grosse main sous le regard horrifié des trois espions, le saisit et tira vers lui.

— Non, monsieur ! s'exclamèrent-ils en chœur. Mais il était trop tard.

Attaque nucléaire dans 20, 19, 18..., commença une voix métallique sortie du fond de la mallette.

— Bien, je vous laisse, je m'en vais au bunker. Avisez Melania. Ne dites rien à Ivana.

Trump arracha le levier afin que personne ne puisse empêcher la manœuvre, se leva et sortit du bureau ovale d'un pas tranquille.

14, 13, 12...

— Mon Dieu, et maintenant que va-t-on faire ? demanda l'agent 1 lorsqu'ils furent seuls.

— Mourir ? proposa l'agent 2.

— Sauver le monde, lâcha Mister White qui avait embrassé la profession d'agent de la CIA pour sauver le monde.

Son jour de gloire était arrivé.

— On n'est pas dans un foutu film de Bruce Willis ! s'exclama l'agent numéro 2 pendant que Mister White tentait de glisser son doigt dans la fente d'où était sorti le levier.

9, 8, 7...

L'agent secret chercha un objet fin à mettre dedans. Rien sur le bureau qui puisse servir. Soudain, une idée lui traversa l'esprit. Il tata ses poches et trouva le stylo Bic quatre couleurs que le bon Bahram lui avait prêté deux jours plus tôt en Afghanistan.

4, 3, 2...
Il le planta dans la fente.
Et le tira vers lui.
1...
Il n'y eut pas de zéro.
Le compte à rebours s'était arrêté.
Les trois agents soufflèrent et regardèrent l'innocent petit stylo Bic de Benjamin Bloom, qui était passé entre les mains de Dipak Sidkar, Ahmet, Jelena, le petit Youssef, l'agent Bahram et Mister White, comme s'il s'agissait d'un sceptre merveilleux.

*
* *

Ce n'est pas le fait que l'on destitue Donald Trump et qu'on le jette en prison qui laissa Benjamin Bloom bouche bée devant la télévision de sa petite chambre d'hôtel allemande, mais le stylo qui apparaissait en gros sur l'écran avec la légende : « Le Bic quatre couleurs qui a sauvé le monde. » Benjamin eut l'intuition qu'il s'agissait de son stylo. Comment était-il arrivé jusqu'aux États-Unis ? Les stylos étaient-ils comme les chats qui parcouraient des milliers de kilomètres pour retrouver leur maître perdu ? « Mon Bic, répéta-t-il comme un possédé, mon stylo, mon ami », et, tout en essuyant de gros sanglots, il se précipita sur son ordinateur pour prendre un billet d'avion afin de rentrer au pays.

Une semaine après, il le récupérait pour la modique somme de 130 000 dollars dans une vente aux enchères en faveur de la paix dans le monde, après s'être assuré que les quatre tirettes ne donnaient que du vert. La seule couleur avec laquelle il signait ses livres. Il n'aimait que le vert, la couleur de l'espoir. L'espoir était une denrée de plus en plus rare. Et il pensait que quatre mines vertes sur un stylo n'étaient pas de trop dans ce monde.

À la mémoire de Phileas I,
mon beau stylo perdu durant ma tournée au Canada.

Leïla SLIMANI

Zina

« Surprise ! ».

Elle a sonné à ma porte un pâle samedi de février. Elle a crié, les bras ouverts, les mains tendues vers moi. J'aurais dû l'embrasser. J'aurais dû crier moi aussi, tant j'étais surprise de la voir sur mon palier après plus de deux ans de séparation. J'aurais dû bégayer, porter ma main à ma bouche ou vers son visage, la toucher pour m'assurer qu'il s'agissait bien d'elle. Elle a hurlé « Surprise ! » et moi, dans un élan de mesquinerie, j'ai dit : « Parle moins fort ». J'ai attrapé son bras et je l'ai tirée vers l'intérieur de l'appartement. J'ai commencé à lui expliquer que mes voisins étaient des gens tatillons et un peu racistes à qui je ne voulais donner aucune raison de me détester. Mais Zina ne m'écoutait pas. Debout au milieu de mon studio, sa valise à la main, elle regardait par la fenêtre le ciel morne et le clocher noir de l'église Jeanne d'Arc. Quand j'ai eu fini de parler, elle s'est avancée vers moi et m'a serrée dans ses bras.

Depuis des mois, Zina me laissait des messages pour me dire son envie de venir à Paris. Les rares fois où je lui répondais, c'était pour tenter de la décourager. Je me plaignais d'avoir beaucoup de travail. Je lui décrivais la rudesse du climat, le rythme de vie épuisant. J'avais été jusqu'à raconter que je manquais cruellement d'argent et que j'étais contrainte de me priver de tout ce qui n'était pas nécessaire à ma survie. Je me complaisais dans la description de cette vie misérable et romantique, existence fantasmée qui collait si bien avec l'image que je me faisais d'une jeunesse à Paris.

Je pensais la dissuader. Et puis, à vrai dire, il me paraissait impossible que Zina puisse un jour traverser la mer, c'est-à-dire obtenir un visa pour entrer en Europe. Mon amie ne travaillait pas. Elle n'avait jamais eu de revenus fixes. Ses parents étaient morts et elle n'avait aucune attache. Elle était belle, jeune et présentait toutes les qualités d'une future sans-papiers ou d'une candidate au mariage blanc. Personne ne laisserait une fille comme ça entrer sur le territoire.

Mais elle était là, elle et sa vieille valise en plastique noire. Les premiers jours, nous sommes restées toutes les deux, comme avant. Nous avons retrouvé nos habitudes, nos silences, nos longues après-midi à fumer en regardant par la fenêtre. Dans la rue, elle posait ses mains autour de mon coude et nous marchions serrées l'une contre l'autre, pour nous protéger du froid. Zina n'était jamais venue à Paris. Ses parents l'avaient envoyée en France une seule fois, quand elle avait seize ans, mais elle était restée à Nancy chez une tante éloignée qui s'était méfiée d'elle et l'avait tenue enfermée pendant tout son séjour.

À Paris, Zina voulait tout voir. Elle me posait mille questions, n'était jamais fatiguée. Elle marchait sous la pluie sans se plaindre des gouttes glacées qui nous ruisselaient dans le cou. Elle posait sur la ville un regard d'amoureuse, de conquérante. Elle était fière de prendre le métro toute seule quand je restais à la maison pour étudier. Elle me racontait avec un enthousiasme naïf ses promenades sans but, ses courses dans le supermarché de la rue de Tolbiac, ses conversations avec la boulangère. Dans les musées où elle me suppliait de l'accompagner, elle se comportait comme une élève sage et consciencieuse, avançant lentement, de toile en toile. Cette application même prouvait qu'elle ne connaissait rien en art. Elle trouvait tout également beau, elle s'émerveillait devant des banalités.

Le soir, Zina cuisinait pour moi pendant que je travaillais à la préparation de mes examens. Je n'avais qu'un lit, que Zina partageait avec moi comme lorsque nous étions enfants. Avant de nous coucher, elle me tressait les cheveux et, le matin, elle tapait des mains en défaisant les nattes. À plusieurs reprises, j'ai essayé de savoir comment elle avait obtenu son visa, payé son billet d'avion et d'où lui venait l'argent qu'elle dépensait pour m'offrir des chocolats chauds et acheter ces bouquets extravagants que je trouvais sur le bar de la cuisine en rentrant de la faculté. Mais Zina esquivait mes questions. Elle ne me répondait que par un sourire vague.

Pendant deux semaines, nous avons vécu en vase clos. Nous avons reformé cette alliance qui, petites, nous tenait à l'écart du monde et que nous protégions avec une rage innocente. Mais si je reculais à l'idée de présenter Zina à mes amis de la faculté, si je faisais durer ce tête-à-tête, ce n'était pas par tendresse. J'avais honte de Zina. Je ne supportais pas sa voix aiguë et sa façon de parler en public, dans les rames de métro ou dans les restaurants. Plus les jours passaient et plus elle me devenait insupportable. Je détestais la familiarité avec laquelle elle s'adressait aux vendeuses dans les magasins et les questions insensées qu'elle leur posait. Et j'étais furieuse contre elle car elle éveillait en moi des sentiments laids et mesquins. J'avais honte de ma propre honte. Je trouvais détestable mon mépris pour elle, mais j'étais devenue incapable de la regarder avec l'admiration d'autrefois.

Son charme, par instants, continuait d'opérer. Ses manières étaient touchantes. Elle était toujours aussi généreuse que lorsqu'elle était enfant. Parfois, je me sentais prête à lui demander quand elle avait l'intention de partir et, au dernier moment, je reculais. Elle me fixait, de ses grands yeux de renarde, répétant combien elle était heureuse d'être là et quelle chance nous avions d'être enfin réunies. Le soir, elle se déshabillait et à travers la vitre de la salle de bains je devinais les contours de son torse décharné. Elle n'avait jamais eu de poitrine et il me semblait qu'elle avait le même corps aujourd'hui que lorsqu'elle était enfant et qu'elle jouait avec moi dans le jardin de mes parents. Je reconnaissais sa peau, grise et mauve, et cette frilosité nerveuse qui la faisait se glisser dans le lit avec précipitation et remuer frénétiquement entre les draps pendant quelques secondes. Elle n'osait chercher contre moi le réconfort, alors elle remontait ses chaussettes jusqu'à mi-mollet et se tenait en chien de fusil, silencieuse mais tremblante, jusqu'à ce que la chaleur l'apaise.

Face à ce corps fragile, à ces yeux brillants, face à ces longues mains malhabiles, j'oubliais ma honte et mon impatience de la voir partir. Je retrouvais même des élans d'affection. J'embrassais ses joues toujours froides, je la complimentais sur sa beauté. J'augmentais le son de la radio et je lui tendais la main pour lui proposer de danser. Mais la voisine tapait contre le mur et le charme était rompu. Je faisais un bond pour éteindre le poste et Zina me regardait sans rien dire. Je voyais bien qu'elle ne comprenait pas ma frayeur, qu'elle me trouvait lâche, triste. Mais, en moi, l'enfant était mort.

Un dimanche par mois, j'organisais un petit dîner à la maison avec des amis étudiants. C'était devenu un rituel que mes camarades appréciaient, en particulier parce que je leur cuisinais des plats marocains consistants et délicieux. Le dimanche fatidique approchait et Zina était toujours là. Sa valise noire reposait au pied du canapé-lit, ouverte mais impeccablement rangée. J'ai fini par lui dire que j'attendais quelques amis et elle a sauté de joie. « Oh oui, une fête, c'est très bien ! » Je l'ai arrêtée net. Il ne s'agissait pas d'une fête. D'ailleurs mon appartement ne se prêtait pas aux fêtes et, comme je le lui avais expliqué mille fois, on ne pouvait pas... « faire de bruit m'a-t-elle coupé. Oui, je sais, j'ai compris ».

Zina a mis un chemisier en soie bleue qu'elle avait sans doute hérité de sa mère. Il était démodé et trop grand pour elle. Elle avait d'ailleurs dû replier les manches jusqu'aux coudes, ce qui lui donnait une attitude étrange et faisait ressortir la maigreur de ses bras et la finesse de ses poignets. À l'apéritif, elle s'est tenue tranquille et j'ai presque oublié sa présence. J'étais tout entière accaparée par ma conversation avec Ignacio, mon ami argentin, et je n'ai pas remarqué combien Zina était mal à l'aise. Elle buvait par petites gorgées, les yeux, les lèvres, le visage tout entier plongés dans son verre, comme pour y regarder se dissoudre sa timidité. Ses joues ont rougi. Elle a ouvert le col de son chemisier. Des plaques sont apparues sur son cou et au-dessus de ses seins.

Mais Zina était trop belle pour qu'on ne s'intéresse pas à elle. Elle avait beau garder le silence, répondre par onomatopées aux questions que mes amis lui posaient, une certaine attention planait autour d'elle comme autour d'une bête sauvage qu'on n'a vue que dans des livres ou sur des gravures anciennes. Moi, je la regardais sans indulgence. Je fixais ses coudes sur la table pendant qu'elle mangeait. Ses paupières semblaient lourdes et elle roulait des yeux, l'air abruti. J'avais peur qu'elle ne soit malade, qu'elle ne se lève en titubant et qu'elle n'arrive pas à atteindre les toilettes pour y vomir discrètement. Elle n'arrivait pas à tenir sa fourchette et elle a fini par attraper à la main la cuisse de poulet que j'avais déposée dans son assiette. Son chemisier bleu était maculé de taches de sauce et moi, je ne pouvais détacher mon regard de sa bouche. Sa bouche dont la partie inférieure pendait. Ses lèvres luisantes de graisse. Sa langue qui semblait avoir triplé de volume au point que Zina la laissait parfois pendre, comme les chiens assoiffés. Je n'arrivais plus à me concentrer et à répondre à Ignacio qui cherchait ses mots en français et qui comptait sur moi pour alimenter la conversation. Je ne voyais que Zina dont j'avais envie de lacérer le visage avec mes ongles. Zina, que je voulais tirer par le bras et traîner sur le sol jusqu'à ma chambre ou même jusqu'à la porte d'entrée, que je claquerais derrière elle, après lui avoir jeté sa valise au visage. Après lui avoir dit de rentrer chez elle et de ne plus venir perturber ma vie. Tandis que ces images défilaient devant mes yeux j'ai retenu ma respiration et tout le monde s'est tourné vers moi quand, bruyamment, j'ai repris mon souffle, donnant peut être l'impression que j'allais me mettre à crier. Zina a levé le nez de son assiette et le visage qu'elle m'a tendu était celui d'un souvenir, celui d'une petite fille que j'avais connue et aimée, à l'époque où j'ignorais la honte, les conventions, et où l'amour qu'elle avait pour moi était la chose la plus importante du monde.

Zina n'a jamais su se tenir à table. Même adolescente, elle poussait les aliments avec ses doigts mais tout le monde trouvait ça charmant. Parce que ses doigts étaient adorables et sa bouche aussi et sa façon de sucer ensuite le bout de son index aurait fait fondre le cœur le plus froid. À l'époque, je la trouvais spéciale et je me disais qu'il en fallait du courage pour défier les règles avec lesquelles, chez moi, on ne pouvait transiger. Oui, Zina mangeait salement, ne faisait pas ses devoirs, portait des jeans moulants et bon marché. Zina fumait des cigarettes et buvait des bières à vingt dirhams qui la faisaient bruyamment roter et éclater de rire. Elle était tout ce que ma mère détestait : pauvre et désinvolte, vulgaire et libre jusqu'à l'inconscience.

Elle me sortait dans les bars où son père avait

traîné avant de mourir d'un cancer de l'estomac. On allait surtout dans un vieux rade tenue par une Française, fille et veuve de colon, qui dirigeait son établissement avec poigne, toujours entourée par deux chiens dont elle avait fait couper les oreilles en prétendant que ça les rendait plus féroces. Mais Slowgi et Mitchum n'étaient rien que deux bâtards, mal nourris et neurasthéniques, qui passaient leurs journées couchés contre les trottoirs brûlants de Casablanca, buvant l'eau croupie du caniveau.

Zina vivait seule avec sa mère dans un quartier que mes parents trouvaient dangereux, mais qui n'était, au fond, que populaire. Leur appartement se situait au dernier étage d'une tour construite dans les années 50, sur une avenue où se côtoyaient des marchands de ferraille, des vendeurs de poulets fermiers, une mosquée, des étals de légumes et des quincailleries qui sentaient la sciure et l'eau de Javel. L'avenue était toute la journée encombrée par une circulation invivable, mais, vu d'en haut, les embouteillages, les petits accrochages, les concerts de klaxons avaient quelque chose d'amusant, de pittoresque. Depuis le balcon, la ville tout entière s'offrait à nous.

L'appartement était très humide et je me souviens encore de l'odeur de moisi des draps et des vêtements de mon amie. Même en plein été, les pièces étaient froides, et dans les coins on distinguait les traces noires de quelques champignons que sa mère essayait vainement d'enlever. Avec Zina, nous passions beaucoup de temps sur le balcon, accoudées sur la rambarde en métal et nous nous réchauffions au soleil. Nous fumions les cigarettes à la menthe que sa mère nous offrait, nous buvions de grands verres de jus d'orange et nous commentions l'attitude des passants. En face de l'immeuble, dans un demi-sous-sol, se trouvait la petite boutique d'un coiffeur. Le matin, les femmes y entraient, une serviette autour de la tête. Elles se lavaient les cheveux chez elles ou au hammam car le coiffeur n'avait pas d'eau chaude et pas de bac à shampooing. Avec Zina, nous aimions faire des paris sur la coiffure que la femme arborerait dans une heure ou deux, en remontant le petit escalier du sous-sol vers l'avenue. Aurait-elle une de ces permanentes bouffantes, très à la mode à l'époque ? Se serait-elle fait teindre les cheveux en blond cendré pour ressembler aux chanteuses orientales qui faisaient fantasmer tous les maris du pays ?

Le soir, on regardait marcher les prostituées sur le terre-plein central. J'observais avec une fascination érotique la façon dont les hommes les abordaient. Ils discutaient quelques minutes, à peine éclairés par la lumière d'un lampadaire. Presque toujours, ils gardaient une main dans leur poche, comme pour vérifier que s'y trouvait bien la liasse de billets qu'ils y avaient cachée le matin même. Plus tard, dans la nuit, quand nous ne parvenions pas à dormir, nous sortions sur le balcon pour observer le défilé sordide des ivrognes qui hurlaient sur les passants et les agressaient parfois avec un tesson de bouteille. Je pensais alors à mes parents, à notre maison, qu'ils avaient fait construire dans un quartier calme et cossu. Ils étaient si fiers de m'offrir une enfance bourgeoise, sans soucis matériels, préservée des mauvaises influences. Je regrettais alors mes mensonges sur Zina dont je prétendais qu'elle était studieuse et qu'elle m'avait donné le goût de la lecture.

Je n'aurais jamais osé leur avouer que nous passions la majorité de notre temps sans surveillance, seules dans l'appartement. Sa mère travaillait toute la journée et, le soir, il lui arrivait souvent de sortir et de ne rentrer que lorsque nous étions déjà endormies. Elle ne se préoccupait pas des cahiers de Zina, de ses mauvaises notes et des mots que lui envoyaient régulièrement les professeurs. « C'est ta vie », disait-elle à sa fille et j'enviais mon amie de jouir d'autant de liberté. Jamais je n'ai pensé que Zina avait pu souffrir de la désinvolture maternelle.

Le dimanche, Zina aimait m'emmener à l'église. Je croyais, à l'époque, qu'il s'agissait d'une de ces provocations dont elle avait le secret, elle qui n'avait d'autre souci que de prouver qu'elle était libre. Mais quand je la revois dans les allées de la cathédrale de Casablanca, il me semble que c'est autre chose qui la guidait. Lorsqu'elle entrait dans l'église déserte, son visage devenait grave et elle marchait, comme irrémédiablement attirée par le portrait de la Vierge à l'enfant, au-dessus de l'autel. Elle se signait maladroitement et tenait à ce que nous allumions un cierge devant lequel elle se tenait ensuite, concentrée et silencieuse. Je ne lui ai alors jamais demandé pour qui ni pour quoi elle priait. Dans sa chambre, elle gardait d'ailleurs précieusement un vieux cierge dans un vase en verre sur lequel était imprimée une prière à sainte Rita, la patronne des causes perdues.

Deux soirs après le dîner raté, Zina a quitté Paris, sans plus d'explications que le jour où elle a débarqué par surprise. Lorsque je suis rentrée chez moi, la valise au pied du lit avait disparu. Elle avait changé les draps et nettoyé le lavabo dans la salle de bains. Elle avait laissé les fenêtres ouvertes, elle qui semblait toujours craindre l'étouffement et qui, même en hiver, avait besoin d'un courant d'air rassurant. La pluie avait pénétré dans l'appartement, et au sol la moquette beige était imbibée d'eau. J'ai pensé à ma propriétaire, aux voisins du dessous et j'ai maudit Zina qui, décidément, ne faisait jamais rien comme il faut.

J'ai retrouvé mes habitudes et mon heureuse solitude. J'ai repris avec plaisir mes aises dans mon lit étroit. Au début, il m'arrivait de penser à elle en trouvant une épingle à cheveux sur le bord de la baignoire. Ou en découvrant qu'elle avait mis à congeler ces petits pains ronds que j'adorais et qu'elle confectionnait mieux que personne. Son visage m'est revenu en mémoire au printemps, dans le jardin des Tuileries, qu'elle n'avait vu que sous la pluie. Elle aurait aimé les magnolias en fleurs, le vent lourd de la poussière des cerisaies. Elle aurait découvert l'autre visage des Parisiens, quand ils s'attablent aux terrasses, qu'ils sourient aux inconnus, quand la nuit devient plus douce pour les âmes solitaires. Mais le temps a passé, les saisons se sont succédé et j'ai cessé de penser à elle. J'ai réussi mes examens et j'ai quitté le studio de la place Jeanne-d'Arc. J'ai trouvé un travail et est arrivé le temps où je n'étais plus une étrangère à Paris. J'étais chez moi et mon passé n'était plus qu'une nébuleuse de souvenirs qui flottait au-dessus de moi.

Je n'ai pas su qu'elle était morte. Je l'ai appris des semaines après son enterrement, quand j'ai reçu un coup de téléphone d'un notaire qui me demandait de rentrer à Casablanca pour régler quelques affaires. L'homme parlait vite, avec un fort accent fassi, et j'avais commencé par l'écouter distraitement jusqu'à ce que le nom de Zina soit prononcé. Je ne comprenais rien. De quel appartement me parlait-il ? Qu'était-il arrivé à mon amie ?

J'ai pris le premier vol, le lendemain matin. Pendant tout le voyage, je n'ai pas pu m'empêcher de penser à un livre, mais dont j'étais incapable de me souvenir de l'auteur, du titre ou de quoi que ce soit. Me revenait seulement cette phrase : « Il s'est tué parce qu'un ami lui a parlé distraitement. » Elle venait sans cesse cogner contre mon front, elle s'accrochait à ma bouche, comme une chanson obsédante dont on ne parvient pas à se défaire. C'était la seule chose que j'étais capable de penser ou d'articuler. Elle sonnait en moi comme un reproche, comme une voix qui ne se tairait jamais.

Zina avait été retrouvée sur notre balcon, les yeux ouverts, allongée sur le sol. C'est sa voisine qui l'a découverte. Une voisine obèse, bavarde et vieille fille qui a pris un plaisir jaloux à me raconter les moindres détails de cette macabre matinée. Zina, a-t-elle dit, s'était mordu la langue et c'est cela, d'abord, qu'elle a remarqué, en se penchant sur le corps. Un long filet de sang avait séché le long de la joue de Zina et sur sa langue s'était formée comme une espèce de croûte, blanchâtre et monstrueuse. Qui aurait pensé que la frêle jeune fille du huitième souffrait d'hypertension et qu'un jour, assise au soleil, elle succomberait à une hémorragie cérébrale ? Zina fumait beaucoup. Elle aimait boire même si elle n'avait jamais tenu l'alcool. Mais en vérité, je ne me suis jamais préoccupée de sa santé. Ces dernières années, je ne me préoccupais de rien. La solitude de Zina, ses échecs amoureux, son absence totale d'ambition, sa misère, tout cela était un poids trop lourd. J'en étais même venue à me persuader que c'était sa faute si elle était dans cette situation. Je souffrais à jouer le rôle de la fourmi et je lui en voulais de s'entêter à faire la cigale. J'avais fini par la trouver naïve, idiote, ou tout simplement paresseuse. Ce qui, chez elle, me fascinait quand nous avions quinze ans me paraissait désormais triste et inconsistant. Je ne voyais plus en elle sa liberté, sa joie de vivre, son détachement. Je remarquais seulement ses vêtements élimés, ses cheveux mal teints, ses ongles rongés. Moi, on ne m'avait pas épargnée. Toute ma vie on m'avait mis sous le nez la réalité des choses, la réalité froide, métallique et cruelle. Et je voulais me venger sur Zina. Il n'y avait pas de raison qu'elle ne s'y cogne pas.

À la sortie de l'aéroport, des dizaines de chauffeurs de taxi se sont jetés sur moi. Accablée par la chaleur, éblouie par la lumière blanche, je me suis sentie prise au piège. Une bouffée d'angoisse m'a assaillie. J'avais envie de fuir et de pleurer. Un vieux monsieur, galant et affable, a posé sa main moite sur la mienne. Il avait des bras très bronzés et de longs doigts fins, jaunis par la cigarette. Il m'a ouvert la porte de son taxi et je me suis assise sans réfléchir, mon sac collé contre la poitrine. Il m'a proposé de fumer dans la voiture et m'a tendu un vieux cendrier que j'ai mis sur mes genoux. Il conduisait calmement et se contentait de hocher la tête en souriant quand une voiture nous doublait à toute vitesse ou nous faisait une queue de poisson. « Les gens sont pressés », dit-il en riant, dévoilant une bouche sans dents. Nous avons pris l'autoroute et je fixais, dans un état quasi hypnotique, la paysage de bord de mer. Les palmiers, les casbahs en ruine, les villages misérables côtoyant les hôtels de luxe et les complexes immobiliers. Brusquement, j'ai agrippé le siège du vieil homme et je l'ai supplié de s'arrêter, là, au bout d'une petite route qui menait à la plage. Le chauffeur n'a pas paru surpris. Il a emprunté le sentier sans s'inquiéter pour ses amortisseurs. Il s'est garé à l'ombre d'un arbre et m'a promis de m'attendre. « Prends tout ton temps. » J'ai escaladé la dune qui nous faisait face et, sans même y penser, je me suis retrouvée devant le cabanon où Zina et moi avions passé des vacances, l'été de nos seize ans. Pendant deux semaines, nous nous étions nourries de sandwichs au fromage frais et aux poivrons. Une nuit où il faisait très chaud, elle avait réussi à me convaincre d'aller me baigner. La plage n'était pas éclairée, il faisait terriblement noir et pourtant, je l'ai suivie. Comment avait-elle été capable de me faire faire ça, à moi qui étais si peureuse, si lâche ? Comment m'avait elle convaincue de me jeter dans l'eau sombre, contre les vagues glacées qui menaçaient de nous engloutir ? Elle avait eu sur moi un pouvoir dont je ne parvenais plus tout à fait à comprendre les ressorts, mais pour lequel je ressentais, pour la première fois, une intense nostalgie. J'aurais tout donné à cet instant pour qu'elle revienne, qu'elle m'arrache à mes lâchetés et à mes craintes. J'avais désespérément envie de lui demander pardon.

REMERCIEMENTS

Chers lecteurs,

Nous tenons à remercier les équipes d'Univers Poche et tous nos partenaires solidaires de la chaîne du livre et de sa promotion, ayant permis à cette belle opération de voir le jour :

Pour l'aide juridique :
SOGEDIF

Pour les textes :
Les 14 écrivains

Pour la couverture :
Jean-Jacques Sempé
et la galerie Martine Gossieaux

Pour la fabrication :
SOGEDIF

Pour la photocomposition :
Apex Graphic
Nord Compo

Pour l'impression et le papier :
Stora Enso France
International Paper
Maury Imprimeur
CPI Brodard & Taupin

Pour la distribution et la diffusion :
Interforum

Pour la promotion :

Outils de communication : Agence Stéphanie
Aguado / Nicolas Galy, Agence NOOOK /
Les Hauts de Plafond

Radio : Europe 1 / RFM / RTL / OÜI FM

Presse : *L'Express* / *L'OBS* / *Le Point* / *Télérama* /
20 minutes / *CNEWS matin* / *Femme actuelle* /
Marianne / *Psychologies* / *ELLE* /
Le Figaro Littéraire / *Society* / *LiRE* /
Le Parisien Magazine / *Libération* / *Grazia* /
Livres Hebdo

Affichage : Insert / Mediagares / MediaKiosk /
Metrobus

Ainsi que :
Agence DDB / Agence OCulture /
Le Grand marché Stalingrad
Piaude Design graphique
Agence Cook and Com Sonia Dupuis
et ses partenaires

Et tous les libraires de France !

L'équipe éditoriale des éditions Pocket

Vous découvrirez ici la liste de l'intégralité
de nos partenaires solidaires

Composition et mise en pages
Nord Compo à Villeneuve-d'Ascq

Imprimé en France par

MAURY IMPRIMEUR
à Malesherbes (Loiret)
en octobre 2017

POCKET – 12, avenue d'Italie – 75627 Paris Cedex 13

N° d'impression : 221553
Dépôt légal : novembre 2017
S27952/01